Un nuevo encuentro

Un nuevo encuentro

Debbie Macomber

Thorndike Press • Waterville, Maine

Published in 2006 by arrangement with Harlequin Books S.A.
Publicado en 2006 en cooperación con Harlequin Books S.A.

Thorndike Press® Large Print Spanish.
Thorndike Press® La Impresión grande española.

The tree indicium is a trademark of Thorndike Press.
El símbolo del árbol es una marca registrada de Thorndike Press.

The text of this Large Print edition is unabridged.
El texto de ésta edición de La Impresión Grande está inabreviado.

Other aspects of the book may vary from the original edition.
Otros aspectros de éste libro podrían variar de la edición original.

Set in 16 pt. Plantin.
Impreso en 16 pt. Plantin.

Printed in the United States on permanent paper.
Impreso en los Estados Unidos en papel permanente.

Library of Congress Cataloging-in-Publication Data

Macomber, Debbie.
    [Ready for marriage. Spanish]
      Un nuevo encuentro / by Debbie Macomber.
        p. cm. — (Thorndike Press la impresión grande española = Thorndike Press large print Spanish)
     ISBN 0-7862-8476-5 (lg. print : hc : alk. paper)
     1. Large type books. I. Title. II. Thorndike Press large print Spanish series.
PS3563.A2364R4 2006
  813′.54—dc22   2005036576

Un nuevo encuentro

Capítulo uno

SIEMPRE podría arrastrarse a los pies de Evan. Y, conociéndolo como lo conocía, Mary Jo Summerhill imaginaba que probablemente a él le encantaría. El mero hecho de haber concertado aquella cita y, después, de tener el valor de presentarse, demostraba hasta dónde llegaba su desesperación. Pero no tenía alternativa: el futuro de sus padres estaba en sus manos y sabía que no había un abogado mejor que Evan Dryden para ayudarlos con aquel desastre.

Si es que realmente estaba dispuesto a ayudarla...

Normalmente, volver a ponerse en contacto con un antiguo novio no le provocaba ninguna ansiedad, pero Evan era algo más que un hombre con el que había salido varias veces.

Habían estado enamorados, profundamente enamorados, e incluso habían pensado en casarse. Y, de alguna manera que Mary Jo no alcanzaba a comprender del todo, todavía lo amaba. Poner fin a su relación había estado a punto de destrozarla.

Y también a él.

Mary Jo no estaba orgullosa de la forma en la que había terminado con Evan. Devolverle por correo la sortija de compromiso había sido un gesto cobarde, pero sabía que no podía enfrentarse a él cara a cara. Aun así, debería haber imaginado que Evan jamás le permitiría acabar de aquella manera. Había sido una estúpida al pensar que aceptaría la sortija sin enfrentarse a ella.

Había ido a verla enfadado y herido, exigiendo una explicación. Desde el primer momento había quedado claro que no estaba dispuesto a aceptar la verdad y, no teniendo elección, Mary Jo había inventado una historia sobre una supuesta relación con otro profesor con el que le había dicho que estaba saliendo y del que al final se había enamorado.

Inventar aquella mentira tan descarada había multiplicado por cien su sentimiento de culpabilidad. Pero no tenía otra manera de conseguir que Evan la creyera. Era la única forma de poder salir para siempre de su vida.

Y su mentira había funcionado a la perfección, advirtió con una intensa punzada de dolor. Evan se había recuperado, tal y como su madre había pronosticado que haría. Y, al parecer, no había perdido nada el tiempo a la hora de continuar con su vida.

En unos cuantos meses, había vuelto a citarse con mujeres otra vez. En las páginas de sociedad de los periódicos se publicaban regularmente fotografías de Evan con Jessica Kellerman a su lado. Incapaz de resistir la tentación de saber algo más sobre aquella mujer, Mary Jo había buscado información acerca de la familia Kellerman. Y su investigación le había proporcionado cuanto necesitaba saber sobre esa gente. Los Kellerman era una familia adinerada e influyente, todo lo contrario de los Summerhill, que no eran dignos de ser mencionados ni siquiera en el censo electoral de Boston.

Tiempo después, ese mismo año, Mary Jo había oído rumores sobre la espectacular boda celebrada por los Dryden. Ella estaba fuera de la ciudad aquella semana, en un seminario sobre docencia, de modo que se había perdido la cobertura que la prensa había dado a la boda, pero las conversaciones sobre aquel acontecimiento y la celebración que lo había seguido se habían prolongado durante meses. Se decía que había sido el acontecimiento social del año.

Desde entonces habían transcurrido tres años. De manera que Evan y Jessica eran ya una pareja estable. Por lo que ella sabía, podían incluso haber comenzado a tener hijos.

El dolor del arrepentimiento se convirtió en un nudo en el estómago. Evan sería un padre maravilloso. Ellos dos habían hablado muchas veces de formar una familia y Mary Jo recordaba las muchas ganas que tenía Evan de tener hijos.

Aquél no era precisamente el mejor momento para volver a aparecer en su vida, pero Mary Jo no tenía otra opción. El futuro de sus padres dependía de Evan.

—El señor Dryden la atenderá inmediatamente —dijo la recepcionista, interrumpiendo los pensamientos de Mary Jo.

Mary Jo alzó la cabeza y estuvo a punto de dejarse llevar por los nervios en ese preciso instante. El corazón le latía furiosamente en el pecho. Muerta de miedo, se aferró a la correa del bolso, luchando contra la necesidad de levantarse directamente de la silla y salir corriendo.

—Pase por aquí.

—Por supuesto —consiguió decir Mary Jo, aunque sus palabras salieron convertidas en una especie de gorgoteo, como si las hubiera pronunciado dentro del agua.

Mary Jo siguió a la recepcionista a través de un pasillo ancho y alfombrado hasta el despacho de Evan. Su nombre estaba en la puerta, grabado en una placa dorada. La recepcionista la instó a pasar y se marchó.

Mary Jo reconoció a la secretaria de Evan inmediatamente, aunque nunca la había visto en persona. Era una mujer de más de cincuenta años, delgada, de corta estatura y con la energía de un diablo de Tazmania. Formidablemente eficiente. Evan decía que aquella mujer podría reorganizar el mundo entero sin ninguna dificultad en el caso de que se viera obligada a ello y que estaba dispuesta a hacer cualquier cosa que él le pidiera. Era leal hasta el final.

—Evan me ha pedido que la haga pasar inmediatamente —dijo la señora Sterling, acercándose a la puerta interior del despacho. La abrió y preguntó después—: ¿Quiere un café? —su tono era amistoso, pero, al mismo tiempo, inconfundiblemente curioso.

—No, gracias —Mary Jo se acercó al umbral de la puerta con el corazón en la garganta.

Se preguntaba cómo se sentiría al ver a Evan otra vez después de todo aquel tiempo. Ya había decidido que sería necesario ponerse alguna careta para enfrentarse a él. Y había planeado acercarse a Evan como si fueran unos viejos amigos que llevaban mucho tiempo sin verse. Amigos superficiales. Con una sonrisa, le estrecharía la mano, le preguntaría por Jessica y se pondrían al corriente de lo que había sido de sus vidas.

Pero en aquel momento, cuando sólo la separaban unos metros del hombre al que amaba, Mary Jo descubrió que no podía moverse. Que apenas podía respirar.

Nada, comprendió, podía haberla preparado para la fuerza de aquellas emociones. En cuestión de segundos, se descubría ahogándose en sentimientos que no sabía cómo manejar. Estaba abrumada, asustada, como si estuviera a punto de estrellarse por tercera vez.

Conjuró el rostro de Gary, un hombre con el que llevaba saliendo varios meses, pero no le sirvió de mucho. Después se esforzó en recordar algún comentario inteligente, una broma, cualquier cosa. Pero de lo único que podía acordarse era de que el hombre al que había amado tres años atrás, el hombre del que todavía estaba enamorada, se había casado con otra.

Evan estaba sentado tras su escritorio, escribiendo, pero alzó inmediatamente la mirada. Sus ojos se encontraron durante un instante fugaz. Y Evan pareció experimentar la misma sensación de arrepentimiento que estaba viviendo ella en ese instante. Sin embargo, bastó que pestañeara varias veces para que desapareciera todo sentimiento de su expresión, como si hubiera sido borrado completamente por el mero movimiento de sus ojos.

—Hola, Evan —dijo Mary Jo, sorprendida ella misma de lo natural que sonaba su voz—. Supongo que es una sorpresa verme después de tanto tiempo.

Evan se levantó y le tendió la mano para estrechársela mecánicamente. Cuando habló, su voz sonaba fría y profesional.

—Mary Jo, me alegro de verte.

Mary estuvo a punto de sonar una carcajada. Evan nunca había sabido mentir. Y había sentido de todo menos alegría al verla.

El abogado señaló una silla colocada al otro lado del escritorio.

—Siéntate.

Mary Jo obedeció agradecida; no sabía durante cuánto tiempo más iban a poder sostenerla las rodillas. Dejó el bolso en el suelo y esperó a que su corazón recuperara su ritmo habitual antes de explicarle el motivo de su visita.

—¿La señora Sterling te ha ofrecido un café?

—Sí, pero estoy bien, gracias —musitó rápidamente. Le temblaban las manos.

Evan se sentó y esperó.

—Supongo que... supongo que estarás preguntándote por qué he venido.

Evan se recostó en su silla con aspecto frío

y compuesto. Habían pasado tres largos años desde la última vez que Mary Jo lo había visto. Evan no había cambiado, por lo menos exteriormente. Continuaba siendo uno de los hombres más guapos que Mary Jo había visto en toda su vida. Tenía un pelo tan oscuro como sus ojos, del color del chocolate suizo. Sus facciones estaban perfectamente definidas, parecían casi cinceladas, aunque quizá aquélla fuera una palabra demasiado dura para definir las finas, aunque bien marcadas, líneas de su rostro. Walter Dryden, el padre de Evan, era senador por Massachusetts y era comúnmente aceptado el hecho de que Evan también entraría algún día en el mundo de la política. Y, desde luego, Evan tenía el aspecto ideal para una profesión como aquélla.

¿Por qué se habría enamorado de ella? Mary Jo siempre se lo había preguntado, era algo que nunca había dejado de intrigarla. Sospechaba que tenía algo que ver con el hecho de que era distinta a todas las mujeres con las que había salido. Ella le divertía, no se lo tomaba demasiado en serio, le hacía reír.

—¿Hay algo de lo que quieras hablar conmigo? —preguntó de pronto Evan en un tono que insinuaba una ligera irritación.

—Sí... lo siento —contestó rápidamente, volviendo a concentrase en el asunto que se traía entre manos—. Mis padres... bueno, mi padre en realidad, se jubiló hace tiempo —dijo a toda velocidad—, e invirtió sus ahorros en una compañía financiera, Adison Investments, ¿has oído hablar de ella alguna vez?

—No, la verdad es que no.

A Mary Jo no la sorprendía. Los hombres ricos como Evan tenían montones de carteras de acciones, hacían todo tipo de inversiones. Su padre, sin embargo, había reunido los ahorros de toda una vida y se los había entregado a un hombre al que había conocido y en el que había confiado plenamente.

—Mi padre invirtió todo lo que tenía en esa compañía —continuó—. Según los términos del acuerdo, iba a recibir un cheque mensual con los intereses. Pero no ha sido así. Al principio, le dieron una serie de excusas bastante verosímiles que mi padre se creyó. Prefería creer a ese Bill Adison, aceptar sus excusas, que enfrentarse a la verdad.

—¿Que es...?

—Yo... no lo sé, por eso estoy aquí. Mi padre ha trabajado durante treinta y cinco años como electricista. Ha criado a seis hijos y ha tenido que hacer grandes economías para obtener un dinero extra para su jubilación. Quería poder hacer algún viaje con mi madre. Habían soñado con conocer el Pacífico Sur, y ahora me temo que van a tener que renunciar a todo.

Evan iba tomando notas a medida que Mary Jo hablaba.

—He venido a verte porque me temo que mis hermanos están a punto de tomarse la justicia por su mano. Jack y Rich fueron a las oficinas de Adison la semana pasada y montaron tal escándalo que estuvieron a punto de detenerlos. A mis padres los destrozaría que alguno de sus hijos terminara en la cárcel por culpa de esto. Y, tal como yo veo las cosas, la única manera de solucionar este asunto es un abogado.

Evan continuó tomando notas.

—¿Has traído los documentos que firmó tu padre?

—No, no le he dicho a nadie que venía a verte. Pensé que si podía convencerte de que aceptaras el caso, traería otro día a mis padres para que pudieras hablar con ellos más detenidamente. Tienes que comprender que no es sólo una cuestión de dinero. Mi padre se avergüenza de haber confiado en un hombre así. Se siente como un viejo estúpido.

Su padre estaba realmente deprimido. Adison Investments le había robado mucho más que sus ahorros. Se había llevado su confianza en sí mismo y le había hecho sentirse completamente vulnerable e inútil.

—Las leyes sobre inversiones en este estado son muy estrictas.

Mary Jo se inclinó hacia delante en la silla, ansiosa por oír lo que tenía que decirle. Aquélla era la razón por la que se había tragado su orgullo y había ido a ver a Evan. Él tenía los conocimientos y la influencia que su familia jamás poseería.

—¿Entonces puedes ayudarnos? —preguntó con ansiedad. El silencio de Evan hizo que el corazón se le cayera a los pies—. Estoy dispuesta a pagarte todo lo que cobres en estos casos —añadió, como si esa fuera la única preocupación de Evan—. No espero que nos cobres menos de lo que les cobras a los demás.

Evan se levantó y caminó hasta la ventana, donde se colocó de espaldas a ella.

—Nuestra firma está especializada en derecho empresarial.

—¿Eso significa que no puedes aceptar este caso?

Evan apretó los puños a ambos lados de su cuerpo y flexionó los dedos.

—No, pero este tipo de casos suelen complicarse. Es posible que termines teniendo que poner una denuncia.

—Mi familia está dispuesta a hacer lo que sea con tal de solucionar este asunto —dijo, alzando la barbilla con gesto de determinación.

—Los juicios no son baratos —le advirtió Evan, volviéndose entonces hacia ella.

—No me importa, y tampoco les importa a mis hermanos. Es verdad, no saben que he venido a verte, pero en cuanto se lo diga, estoy segura de que estarán dispuestos a hacer cualquier cosa para pagarte.

En realidad no podrían aportar mucho. Mary Jo era la más pequeña de seis hermanos y la única chica. Todos sus hermanos estaban casados, tenían que criar a sus hijos y nunca parecían tener dinero suficiente. La mayor carga económica recaería sobre sus propios hombros, pero Mary Jo lo aceptaría con gusto.

—¿Estás segura de que quieres que lleve yo este caso? —le preguntó Evan, frunciendo el ceño.

—Claro que sí. No hay nadie en quien confíe más —se limitó a decir.

Lo miró a los ojos y se negó a desviar la mirada.

—Podría recomendarte otro abogado, alguien especializado en inversiones fraudulentas y...

—No... —lo interrumpió—, sólo confío en ti —no pretendía decírselo. Avergonzada, bajó rápidamente la mirada.

Evan no dijo nada durante lo que a Mary Jo le pareció una eternidad. Contenía la respiración mientras esperaba una respuesta. Si Evan quería que le suplicara, lo haría de muy buena gana. Era la justa compensación por su atroz comportamiento.

—Por favor —añadió, en voz baja y temblorosa.

Evan dejó caer los hombros y suspiró.

—Antes de que tome una decisión, cuéntame lo que has estado haciendo durante estos tres años.

Mary Jo no se esperaba algo así. No estaba preparada para dar detalles sobre su vida.

—Continúo dedicándome a la enseñanza.

—¿En una escuela infantil?

—Sí —respondió con entusiasmo. Adoraba su trabajo—. Los niños de cinco años siguen siendo mis preferidos.

—Veo que no llevas alianza de matrimonio.

Mary Jo bajó inmediatamente la mirada hacia su dedo anular y apretó los labios con fuerza.

—Así que al final no te casaste con ese chico del que estabas enamorada...

—No.

—¿Qué sucedió? —preguntó Evan.

Casi parecía estar disfrutando de aquel

interrogatorio. Mary Jo se sentía como si estuviera en el banquillo de los acusados y estuviera siendo interrogada.

Se encogió de hombros. No quería terminar atrapada en una telaraña de mentiras. Y se había arrepentido de aquella estúpida mentira cada día de los últimos tres años.

—¿No funcionó la relación? —sugirió Evan.

Aquello se estaba convirtiendo en una agonía para Mary Jo.

—No, no funcionó.

Evan sonrió entonces por primera vez, como si le encantara recibir aquella información.

—¿Estás saliendo con alguien?

—No creo que esos datos sean necesarios para el caso. Eres mi abogado, no mi confesor.

—No, no soy nada tuyo —respondió Evan con voz dura—. Por lo menos todavía.

—¿Vas a hacerte cargo del caso o no? —quiso saber Mary Jo.

—Todavía no lo he decidido.

Quería que se humillara. Y después se decía que no había rencor como el de una mujer burlada. Al parecer, las mujeres no tenían la patente de aquel sentimiento.

—Gary Copeland —dijo rápidamente, sin emoción alguna—. Llevo saliendo varios meses con Gary Copeland.

—¿Es otro profesor?

—Es un bombero.

Evan asintió con aire pensativo.

—¿Vas a ayudar a mis padres o no? —le preguntó otra vez. Comenzaba a cansarse de aquel estúpido juego.

Evan se quedó callado durante unos segundos y dijo bruscamente:

—De acuerdo. Haré algunas averiguaciones sobre Adison Investments.

Mary Jo se sintió tan aliviada y agradecida al oír aquellas palabras que se dejó caer contra el respaldo de la silla.

—Pídele a la señora Sterling una cita para la semana que viene y trae a tu padre contigo. El viernes será el mejor día. La mayor parte de la semana la paso en los juzgados.

—Gracias, Evan —susurró Mary Jo, pestañeando rápidamente para contener las lágrimas.

Mary Jo se levantó, deseando escapar cuanto antes de allí. Reprimiendo las ganas de abrazarlo, salió rápidamente del despacho, pasó por delante de la señora Sterling y corrió hacia el pasillo. Estaba tan ansiosa por marcharse que estuvo a punto de tropezar con una mujer que sostenía a un bebé de un año en brazos.

—Oh, lo siento mucho —dijo Mary Jo,

deteniéndose—. Me temo que no miraba por dónde iba.

—No se preocupe —respondió la mujer con una amistosa sonrisa.

Sostenía al pequeño protectoramente contra su cadera. El niño, vestido con un traje de marinero azul marino y blanco, alzó sus ojos hacia ella, unos ojos oscuros y serios. Oscuros como el chocolate suizo.

Los ojos de Evan.

Mary Jo se quedó mirando fijamente a aquella adorable mujer. Era Jessica, la esposa de Evan, y el bebé que llevaba en brazos era su hijo. El fogonazo de dolor estuvo a punto de paralizarla.

—No debería haberme quedado tan cerca de la puerta —continuó diciendo Jessica—. Mi marido ha insistido en invitarnos a almorzar y me ha pedido que nos encontráramos aquí.

—Usted debe de ser Jessica Dryden —dijo Mary Jo, encontrando fuerzas para ofrecerle una sonrisa sincera.

No podía apartar la mirada del hijo de Evan. En aquel momento sonreía alegremente y movía sus brazos regordetes. Si las circunstancias hubieran sido otras, aquel niño podría ser suyo. Sintió que se agrandaba el vacío que tenía en su interior; nunca se había sentido tan triste, tan vacía.

—Éste es Andy —dijo Jessica, señalando a su hijo con la cabeza.

—Hola, Andy —Mary Jo le tendió la mano y, como un auténtico caballero, el niño se la agarró y se la llevó a los labios.

Jessica rió suavemente.

—Me temo que le están saliendo los dientes. Le molestan y ahora mismo se lo lleva todo a la boca —caminó con Mary Jo hacia la salida, llevando al bebé contra la cintura—. Me resultas muy familiar —dijo con naturalidad—, ¿no nos conocemos?

—Creo que no. Me llamo Mary Jo Summerhill.

Jessica palideció, el reconocimiento asomó a sus ojos y su sonrisa desapareció lentamente. Sin embargo, cualquier rastro de censura en su mirada fue perfectamente disimulado.

—Me alegro de conocerte —dijo Mary Jo rápidamente, mientras avanzaban hacia la puerta más cercana.

—Evan me ha hablado de ti —respondió Jessica.

Mary Jo se detuvo bruscamente.

—¿De verdad? —no pudo evitarlo. La curiosidad era superior a ella.

—Sí. Él... tenía muy buena opinión sobre ti.

A Mary Jo no le pasó por alto el hecho de que Jessica estuviera hablando en pasado.

—Es un gran abogado.

—Es maravilloso —se mostró de acuerdo Jessica—. Por cierto, tengo entendido que tenemos un amigo en común, Earl Kress.

Earl había sido voluntario en la escuela en la que trabajaba Mary Jo. Se encargaba de los alumnos con dificultades lectoras y Mary Joe admiraba su paciencia, su perseverancia y su sentido del humor.

Earl había salido del instituto siendo un analfabeto funcional. Como tenía un gran talento como deportista, había ido superando curso tras curso. Los deportes eran muy importantes para las escuelas y los profesores se veían obligados a ir aprobándole todos los cursos. Earl había sido recompensado con una beca para ir a la universidad, pero a las dos semanas de llegar, había sufrido una lesión grave en la rodilla. En un par de meses, lo habían expulsado. En un caso sin precedentes, Earl había puesto una denuncia por la educación recibida. Evan había sido su abogado.

Aquel caso había generado titulares durante semanas. Durante el juicio, Mary Jo había estado pegada a la televisión día y noche, ansiosa por estar informada. Como profesora que era, por supuesto, le preocupaba aquella cuestión que era crucial para la educación. Pero, si quería ser sincera consigo misma, tenía que reconocer que estaba mucho menos interesada en Earl Kress que en Evan. Seguir aquel caso le había dado la oportunidad de verlo otra vez, aunque sólo fuera durante un minuto o dos y a través de la pantalla del televisor.

Y se había llevado una gran alegría cuando se había enterado de que Earl había ganado el caso.

Por una de aquellas ironías de la vida, Mary Jo había conocido a Earl cerca de un año después. Éste estaba asistiendo a los cursos de acceso a la universidad y se había ofrecido como voluntario en una escuela de primaria. Se habían hecho amigos rápidamente. Mary Jo admiraba a aquel joven y lo echaba de menos desde que había regresado a la universidad de la que había sido expulsado. Había vuelto a conseguir una beca, pero en aquella ocasión por méritos académicos.

—Sí, conozco a Earl —dijo Mary Jo.

—Le comentó a Evan que trabajaba contigo. Y nos sorprendió enterarnos de que no te habías casado.

¡Evan lo sabía! Le había hecho pasar la vergüenza de confesarlo, le había obligado a decirle la verdad cuando en todo momento era consciente de que seguía soltera. Mary Jo apretó los puños. Evan había disfrutado sacándole aquella información.

25

—Querida —Mary Jo oyó una voz grave tras ella—, espero no haberte hecho esperar demasiado —un hombre se acercó a Jessica, levantó a Andy en brazos y besó a la joven en la mejilla.

Mary Jo se quedó boquiabierta mientras miraba fijamente a la pareja.

—¿Conoces a mi marido? —le preguntó Jessica—. Damian, ésta es Mary Jo Summerhill.

—¿Cómo...? Hola —Mary Jo estaba tan nerviosa que apenas podía pensar.

Evan no estaba casada con Jessica. Había sido su hermano el que se había casado con ella.

Capítulo dos

—¿**P**UEDE ayudarnos? —le preguntó Norman Summerhill ansioso a Evan.

Mary Jo había llevado a sus padres al despacho. Evan estaba leyendo el acuerdo que su padre había firmado con Adison Investments. Con una sensación de náusea en el estómago, Mary Jo advirtió que Evan estaba frunciendo el ceño. Y que su ceño se profundizaba a medida que avanzaba en la lectura.

—¿Qué ocurre? —quiso saber Mary Jo.

Su madre apretaba las manos con tanta fuerza que tenía los dedos blancos. A Marianna Summerhill siempre la habían confundido y asustado los asuntos de dinero. Desde que se había casado con Norman, había ejercido de ama de casa y madre y había dejado todo lo relacionado con los gastos familiares a su marido.

Mary Jo estaba fieramente orgullosa de su familia. Su padre podía no ser senador de Estados Unidos, pero era un hombre honesto. Un hombre honrado que había dedicado su vida a su mujer y a sus hijos y había trabajado duramente durante años para poder mantenerlos a todos. Mary Joe había crecido firmemente arraigada en el amor de sus padres, tanto en el que se profesaban entre ellos como en el que ofrecían a sus hijos.

Aunque andaba ya cerca de los sesenta años, su madre continuaba siendo una mujer hermosa, por dentro y por fuera. Mary Jo había heredado de ella los ojos castaños y su escasa altura. Pero los pómulos marcados y la firmeza de la mandíbula eran una herencia indiscutible de su padre. Sus hermanos eran mucho más altos que ella y, al igual que sus padres, estaban encantados de que la hermana pequeña fuera una chica.

El cariño era mutuo. Mary Jo adoraba a sus hermanos mayores, pero los conocía y estaba al tanto de sus rarezas y de sus puntos débiles. Vivir con cinco chicos, y cada uno de ellos con su propia personalidad, la había ayudado a comprender la mente masculina. Evan pertenecía a una familia rica que formaba parte de la flor y nata del país, pero continuaba siendo un hombre y ella podía leer en su mente como si fuera un libro abierto. Mary Jo creía que había sido su capacidad para ver más allá de su imagen de playboy lo que al principio lo había atraído de ella. Esa atracción había crecido, había florecido hasta que...

—Ven a comer con nosotros el domingo. Comeremos cerca de las tres y nos gustaría conocerte un poco mejor —estaba diciendo su madre—. Para nosotros será un honor tenerte en nuestra mesa.

Aquellas palabras irrumpieron en los pensamientos de Mary Jo como una guadaña en un trigal.

—Estoy segura de que Evan está muy ocupado, mamá —replicó.

—Agradezco la invitación —dijo Evan, ignorando a Mary Jo.

—Puedes pasarte por nuestra casa siempre que te apetezca, joven —añadió su padre, dirigiéndole a su hija una mirada de desaprobación.

—Gracias. Lo tendré en cuenta —dijo Evan con aire ausente, mientras volvía a concentrarse en los documentos que tenía frente a él—. Si no les molesta, me gustaría que otro abogado amigo mío le echara un vistazo a esto. Tendré preparada una respuesta para dentro de una semana.

El padre de Mary Jo asintió.

—Haz lo que creas conveniente. Y no te preocupes por tus honorarios.

—Papá, ya te lo he dicho antes. Ya he hablado con Evan sobre el dinero y esto os lo voy a regalar yo.

—Tonterías —protestó su padre frunciendo el ceño—. Yo he sido el único estúpido que ha confiado en ese sinvergüenza. Si alguien tiene que pagar a Evan, ése soy yo.

—Ahora no creo que tengamos que preocuparnos por eso —respondió Evan suavemente—. Hablaremos de los detalles relativos a mi minuta más tarde.

—Me parece justo —contestó rápidamente Norman Summerhill, evidentemente ansioso por dejar el tema.

El padre de Mary Jo había cuidado de sí mismo durante toda su vida y no podía aceptar de buen grado que su hija se hiciera cargo de sus deudas. En cualquier caso, ella esperaba encontrar la manera de hacerlo sin minar su orgullo.

—Te agradezco el tiempo que nos has dedicado —le dijo a Evan, desesperada por marcharse.

—Me alegro de haber vuelto a verte, joven —se despidió Norman, tendiéndole la mano—. Y ahora no vuelvas a desaparecer del mapa. Puedes venir a comer a nuestra casa cualquier domingo del año.

—Papá, por favor... —gimió Mary Jo.

Lo último que le apetecía era ver a Evan comiendo un domingo en su casa, con sus cinco hermanos y sus respectivas familias. Evan no estaba acostumbrado al bullicio y a las conversaciones que invariablemente formaban parte de aquellas comidas. La única comida que había compartido Mary Jo con la familia de Evan había bastado para convencerla de las mayúsculas diferencias entre la educación que cada uno de ellos había recibido.

—Antes de que te vayas —le dijo Evan a Mary Jo—, mi hermano me ha pedido que te entregue esto. Creo que es de parte de Jessica —y le tendió un sobre cerrado.

—Gracias —farfulló Mary Jo.

Durante la mayor parte de la reunión, Evan había evitado dirigirse directamente a ella. No se había mostrado grosero ni desagradable, simplemente, profesional y distante. Por lo menos con ella. Con sus padres había sido cariñoso y amable. Mary Jo dudaba incluso de que sus padres hubieran percibido alguna diferencia entre el trato que les dispensaba a ellos y cómo la trataba a ella.

Mary Jo no abrió el sobre hasta que llegó al dúplex en el que vivía. Se quedó mirándolo fijamente durante algunos segundos, preguntándose qué tendría que decirle Jessica Dryden.

Pero como no tenía ninguna necesidad de imaginárselo, decidió abrir el sobre y leyó:

31

Querida Mary Jo:

Sólo quería que supieras lo mucho que me ha gustado conocerte. Cuando le pregunté a Evan por qué habías ido a verlo, se quedó callado como una tumba. Debería haber sabido que conseguir información de Evan es más difícil incluso que sacársela a Damian.

Por tu forma de reaccionar del otro día, deduzco que pensabas que estaba casada con Evan. Damian y yo nos hemos reído mucho comentándolo. Ya ves, todo el mundo pretendía emparejarme con Evan, pero yo sólo tenía ojos para Damian. Si tienes un rato libre, llámame. A lo mejor podemos comer juntas un día de estos.

Mis más afectuosos saludos,

Jessica.

Jessica había escrito su número de teléfono debajo de la firma.

Mary Jo no podía comprender qué motivos podía tener la mujer de Damian para querer verla. Eran dos desconocidas. Pero a lo mejor Jessica sabía algo sobre Evan que Mary Jo desconocía. Y la única forma de averiguarlo era llamarla.

Así que, aunque no estaba segura de estar haciendo lo que debía, marcó el teléfono que

Jessica le había proporcionado.

Jessica Dryden contestó casi inmediatamente.

—¡Mary Jo! Me alegro tanto de que hayas llamado... —exclamó contenta—. Me preguntaba qué te habría parecido mi carta. Normalmente no hago este tipo de cosas, pero me alegré mucho de que fueras a ver a Evan.

—Me dijiste que te había hablado de mí.

—Sí, muchas veces. Mira, ¿por qué no te acercas una tarde por mi casa y hablamos? Ahora no estás trabajando, ¿verdad?

—Estoy de vacaciones desde hace una semana —respondió Mary Joe.

—Sí, me lo imaginaba. ¿Puedes pasarte por aquí la semana que viene? Me gustaría mucho hablar contigo, de verdad.

Mary Jo vaciló. Su primera irrupción en la familia de Evan había sido catastrófica y se había marchado de aquella casa sabiendo que su amor no tenía una sola oportunidad. Una segunda incursión podía ser igualmente desastrosa.

—Me encantaría —se descubrió diciendo.

Si Evan había hablado de ella, quería saber lo que había dicho.

—Magnífico. ¿Qué te parece el martes por la tarde? Pásate a la hora del almuerzo, podemos comer en el jardín y hablar un rato.

—Sí, me parece una buena idea —contestó Mary Jo.

Hasta muy avanzada la tarde, cuando se estaba preparando un croissant con una mezcla de gambas y curry para cenar, Mary Jo no dejó de preguntarse los motivos por los que Jessica tenía tantas ganas de hablar con ella.

Le gustaba Gary. De verdad. Aunque no comprendía los motivos por los que necesitaba recordárselo. Y ni siquiera quería comprenderlos.

Había sido así desde el momento en el que había roto su relación con Evan. Encontraba defectos a todos los hombres con los que salía. Por atractivos que fueran. O ricos. O ingeniosos, o considerados... no importaba.

Gary era un encanto, se repetía a sí misma.

Desgraciadamente, la aburría hasta morir. Hablaba constantemente de sus partidos de golf, de los puntos que ganaba a los bolos y de sus proezas en el campo de balonmano. Nunca hablaba de cosas que fueran importantes para ella. Pero su peor defecto, había comprendido Mary Jo muy al principio de su relación, era que no era Evan.

Habían estado saliendo de manera un tanto inconstante desde principios de año. Y, para ser sincera, Mary Jo estaba comenzando a pensar que para Gary, su mayor atractivo eran las comidas de su madre. Todos los domingos al medio día se dejaba caer por su casa justo cuando Mary Jo estaba a punto de salir hacia casa de sus padres. Había ocurrido en tres ocasiones durante las últimas tres semanas. Y Mary Jo sospechaba que las dos semanas en las que no había aparecido era porque estaba apagando un fuego.

—Vaya, hoy estás especialmente guapa —le dijo Gary cuando Mary Jo le abrió la puerta de casa.

Llevaba un ramo de claveles rosas que Mary Jo tomó con una sonrisa, complacida por aquella atención.

—Hola, Gary.

Gary le dio un beso en la mejilla, pero muy superficial, como si sintiera que ése era el único tipo de afecto que se esperaba de él.

—¿Cómo te ha ido el día? —le preguntó mientras se sentaba en una vieja mecedora que Mary Jo tenía frente a la chimenea.

Aunque las habitaciones de Mary Jo eran pequeñas, había decorado cada una de ellas con un cuidado exquisito. El salón estaba decorado al estilo rústico americano. Su hermano Lonny, que trabajaba de forma maravillosa la madera, le había tallado un águila como regalo de Navidad. Mary Jo la había colgado encima de la chimenea. Además de la mecedora, tenía un sofá pequeño y una cómoda de roble que había restaurado ella misma. Su madre le había tejido una manta para el sofá en colores azul, rojo y blanco.

La cocina era poco más que un pasillo ancho que conducía al comedor y a una galería acristalada. A Mary Jo le encantaba sentarse allí los sábados por la mañana con una taza de café y un libro.

—Eres una mujer afortunada, ¿sabes? —le dijo Gary, mirando a su alrededor como si estuviera viendo la habitación por primera vez.

—¿A qué te refieres?

—Bueno, en primer lugar, no tienes que trabajar en verano.

Aquél era un viejo tópico que Mary Jo estaba cansada de oír. Era cierto, el colegio cerraba durante dos meses y medio al año, pero ella nunca los pasaba tirada en la playa. Aquélla era la primera vez desde hacía años que no estaba asistiendo a cursos para mejorar su preparación como profesora.

—Has tenido tiempo de arreglar tu casa tal como querías —continuó Gary—. Tienes talento para la decoración, ¿sabes? Mi casa es un desastre, pero sólo paso allí tres o cuatro días a la semana como mucho.

Si estaba insinuando que le gustaría que lo ayudara a decorar su casa, Mary Jo se negaba a morder el cebo.

—¿Vas a ir a comer a casa de tus padres? —preguntó Gary alegremente—. No pretendo entrometerme, pero a tu familia no parece importarle y nosotros ya tenemos cierto tipo de relación, ¿verdad?

—¿Cierto tipo de relación? —aquello era nuevo para Mary Jo.

—Sí. Nosotros... no sé, supongo que estamos saliendo juntos.

—Yo pensaba que éramos amigos —eso era lo único que pretendía Mary Jo de aquella relación.

—Sólo amigos —el rostro de Gary se ensombreció.

Desvió la mirada hacia los claveles que había comprado.

—¿Cuándo fue la última vez que tuvimos una cita? —preguntó Mary Jo, cruzándose de brazos—. Una verdadera cita.

—¿Te refieres a ir al cine o cosas de ese tipo?

—Sí.

Si hacía memoria, podía contar con los dedos de una mano el número de veces en las que Gary se había gastado algún dinero en ella. Lo de los claveles era una excepción.

—Fuimos a un partido de los Red Sox, ¿te acuerdas?

—Eso fue en abril —le recordó Mary Jo.

Gary frunció el ceño.

—¿Hace tanto? El tiempo vuela, ¿verdad?

—Desde luego.

Gary se frotó la cara.

—Tienes razón, Mary Jo. He dado nuestra relación por sentada, ¿verdad?

Mary Jo estaba a punto de decir que quizá no se habían entendido. Pero el verdadero problema era que no estaba interesada en mantener una relación seria con Gary y, por difícil que le resultara admitirlo, tenía que admitir que en realidad nunca le había interesado. Lo había utilizado para ahuyentar su soledad. Lo había utilizado para que sus padres no se preocuparan por ella. Sus padres tenían la firme convicción de que una mujer, especialmente una mujer joven, necesitaba un hombre en su vida, de manera que había comenzado a salir con Gary para que la dejaran en paz. Y la verdad era que no estaba especialmente orgullosa de sus motivos.

Gary buscó su mano.

—¿Qué te parece si vamos al cine esta tarde? —le sugirió contrito—. Podemos ir después de comer en casa de tus padres. Y

38

podemos invitar a tus hermanos a venir con nosotros. No te importa, ¿verdad?

Gary estaba haciendo un esfuerzo sincero. Y él no podía evitar no ser Evan Dryden. Aquella idea se deslizó de pronto en la mente de Mary Jo.

—Sí, me parece muy buena idea —dijo con firmeza.

Lo era y, además, estaba dispuesta a pasárselo maravillosamente bien. El hecho de que Evan Dryden hubiera vuelto a su vida no era motivo alguno para regodearse en lo imposible. Evan Dryden estaba fuera de su alcance.

—Magnífico —una sonrisa iluminó el rostro infantil de Gary—. Te llevaré en coche a casa de tus padres.

—De acuerdo —dijo Mary Jo.

Ya se sentía mejor. Su relación con Gary no era ideal, ni siquiera estaba cerca de serlo, pero era su amigo. El amor y el matrimonio podían llegar a tener fundamentos mucho menos sólidos.

Antes de salir de casa, Gary alargó la mano hacia los claveles. Mary Jo pestañeó sorprendida y él vaciló un instante, algo apesadumbrado.

—He pensado que podíamos llevarle las flores a tu madre. No te importa, ¿verdad?

—Por supuesto que no —farfulló Mary Jo.

Pero la verdad era que le importaba. Sólo un poco.

Gary debió de darse cuenta porque añadió:

—La próxima vez traeré algo para ti.

—Me debes una, amigo.

Gary se echó a reír y, con una teatral reverencia, le abrió la puerta del coche.

Mary Jo se sentó en el asiento de pasajeros y se puso el cinturón de seguridad. Durante el breve trayecto hasta la casa de sus padres, situada a menos de un kilómetro de distancia, apenas hablaron. En cambio, fueron escuchando la retransmisión de un partido de los Red Sox.

Cuando llegaron, los sobrinos de Mary Jo estaban en el jardín, jugando un entusiasta partido de voleibol. Gary aparcó el coche detrás del vehículo del hermano mayor de Mary Jo.

—Me sorprende lo mucho que disfrutáis en vuestra familia estando juntos —comentó Gary con cierta nostalgia.

—También tenemos nuestras discusiones, no te creas.

Pero los desacuerdos eran raros y se resolvían rápidamente. Tres de los hermanos, Jack, Rich y Lonny, eran electricistas, como su padre. Bill y Mark eran mecánicos y habían abierto juntos un taller. Todavía estaban luchando para sacarlo adelante, pero ambos trabajaban duramente. Con el tiempo, tendrían un gran éxito, Mary Jo estaba segura.

—Me pregunto qué habrá preparado tu madre hoy —comentó Gary, y Mary habría jurado que ya se estaba relamiendo.

Se preguntó de pronto si Gary comería durante la semana o si iría acumulando el apetito para las comidas de los domingos.

—Ya me has presentado a todos tus hermanos, ¿verdad? —preguntó Gary, frunciendo ligeramente el ceño al salir del noche.

Mary Jo pensó en ello. Seguramente sí. No todos los hermanos iban a casa de sus padres cada domingo, pero en el curso de los dos meses anteriores, seguramente Gary había tenido oportunidad de conocerlos a todos.

—No conozco a ese tipo de la sudadera roja —comentó Gary mientras se acercaban a la casa.

Mary Jo no pudo contestar porque en ese momento apareció su madre bajando los escalones del porche y le tendió los brazos como si no se hubieran visto desde hacía meses. Llevaba un delantal y sonreía radiante.

—¡Mary Jo! Me alegro tanto de que estés aquí... —abrazó a su hija durante largo rato y después se volvió hacia Gary.

—Qué amable —dijo. Tomó el ramo de claveles y le dio un beso en la mejilla.

Sin dejar de sonreír, Marianna volvió a dirigirse hacia su hija.

—¿A que no sabes quién ha venido?

Y fue entonces cuando Mary Jo vio a Evan caminando hacia ellos. Vestido con una sudadera roja y unos vaqueros, llevaba en un brazo a su sexta sobrina, de un año, y en el otro a Robby, su hermano mayor. Ambos niños reían entusiasmados.

Evan se paró en seco al ver a Mary Jo y a Gary. La risa desapareció de sus ojos.

—Hola —dijo Gary dando un paso adelante—. Tú debes de ser uno de los hermanos de Mary Jo. Creo que no nos conocemos. Soy Gary Copeland.

Capítulo tres

—¿QUÉ estás haciendo aquí? —le preguntó Mary Jo en cuanto pudo quedarse a solas con él.

Con una casa abarrotada de gente, había tardado casi dos horas en poder acorralarlo. Aun así, estaban en el pasillo, de manera que podían ser interrumpidos en cualquier momento.

—Si no recuerdo mal, me invitó tu madre.

—La única razón por la que has venido es para ponerme en una situación embarazosa.

La comida entera había sido un ejercicio de frustración para Mary Joe. Evan había sido el centro de atención y había contestado todo tipo de preguntas de sus padres y hermanos. Y en cuanto a su forma de tratar a Gary... cada vez que pensaba en ello, le hervía la sangre. Cualquiera que los hubiera visto juntos habría pensado que Gary y Evan eran viejos amigos. Evan incluso había bromeado con Gary y había tenido el atrevimiento de comentar que a Mary Jo se le ponían rojas las orejas cuando se sentía incómoda con algún tema.

Y la segunda vez que lo había dicho, Mary Jo había sentido correr la sangre hacia sus orejas. Las tenía tan calientes, de hecho, que había llegado a temer que Gary las confundiera con un coche de bomberos.

Lo que más le había molestado había sido la facilidad con la que Evan se había ganado a su familia. Todo el mundo se comportaba como si fuera una especie de celebridad. Su madre le había ofrecido la primera porción de tarta de chocolate, algo que, al menos por lo que Mary Jo recordaba, no había ocurrido nunca. Fuera quien fuera el que estuviera sentado a la mesa, su padre siempre había sido el primero en ser servido.

—No pretendía hacerte sentir incómoda —le estaba diciendo Evan en aquel momento, con una mirada tan inocente como la de un niño de preescolar.

Pero Mary Jo no se dejaba engañar. Sabía perfectamente por qué había ido Evan a su casa: quería humillarla delante de su familia. Rara vez había estado tan enfadada. Y rara vez se había sentido tan frustrada. Las lágrimas inundaban sus ojos y le nublaban la visión.

—Puedes pensar lo que quieras de mí, pero no te atrevas a reírte nunca de mi familia —le dijo entre dientes.

Dio media vuelta, pero no había dado dos pasos cuando Evan la agarró por los hombros y la obligó a volverse.

En ese momento era él el que estaba enfadado. La furia ardía en sus ojos.

Se fulminaron el uno al otro con la mirada, con el rostro tenso y los puños apretados.

—Jamás me reiría de tu familia —dijo Evan sin alterarse.

Mary Jo tensó los hombros con aire desafiante.

—Pero pareces estar deseando reírte de mí. Déjame darte un ejemplo, sabías que no me había casado, pero aun así, me manipulaste para que te lo dijera. ¡Disfrutas haciendo que me sienta incómoda!

Evan esbozó entonces una media sonrisa.

—Pensaba que era lo menos que me debías.

—¡Yo no te debo nada! —replicó ella.

—Quizá no —se mostró de acuerdo Evan.

Se había estado riendo de ella desde el momento en el que había entrado en su despacho. Y, como una confiada mosca, ella había caído de lleno en su telaraña.

—Sal para siempre de mi vida —le advirtió con los ojos entrecerrados.

Evan la fulminó con la mirada.

—Lo haré encantado.

En aquel momento, Sally, una de las sobrinas favoritas de Mary Jo, se acercó por el pasillo como sólo una niña de cinco años podía hacerlo, ajena por completo a la tensión que había entre Evan y Mary Jo. La niña se detuvo al verlos.

—Hola —los saludó, alzando la mirada hacia ellos.

—Hola, cariño —contestó Mary Jo, forzando una sonrisa.

Estaba tan tensa que tenía la sensación de que se le iba a agrietar la cara.

Sally se quedó mirando a Evan con los ojos abiertos de par en par por la curiosidad.

—¿Alguna vez vas a ser mi tío?

—No —contestó Mary Jo inmediatamente, muerta de vergüenza.

Al parecer, su propia familia había decidido ponerse en contra de ella.

—¿Por qué no? —quiso saber Sally—. Me gusta más que Gary. Y tú le gustas. Lo sé. Cuando estábamos comiendo, te miraba todo el rato. Como papá mira a veces a mamá.

—Estoy saliendo con Gary —insistió Mary Joe—, y hoy va a llevarme al cine. Si quieres, puedes venir con nosotros.

Sally sacudió la cabeza.

—A Gary le gustas, pero no le gustan mucho los niños.

A Mary Jo se le cayó el corazón a los pies, como si de pronto se le hubiera convertido en un bloque de cemento. Ella ya se había dado cuenta de aquella faceta de Gary. No estaba acostumbrado a los niños pequeños; lo hacían sentirse incómodo. Los ruidos de los niños lo irritaban. Evan, por su parte, congeniaba inmediatamente con adultos y con niños. Nada de lo que sus sobrinos hacían o decían parecía molestarlo. Al contrario, parecía disfrutar con ellos. Jugaba al voleibol y al baloncesto con sus hermanos, al ajedrez con su padre y peleaba con los niños… diez contra uno.

—Espero que te cases con Evan —dijo Sally, con expresión muy seria.

Y, tras haber dejado muy clara su opinión, se alejó por el pasillo.

—Mary Jo.

Antes de que Mary Jo pudiera decirle nada más a Evan, aunque en realidad no habría sabido qué decirle, llegó Gary a buscarla. Se detuvo bruscamente al ver con quién estaba.

—No pretendo interrumpir nada —dijo, hundiendo las manos en los bolsillos. Su incomodidad era evidente.

—No interrumpes nada —contestó Mary Jo con contundencia—. Y ahora dime, ¿qué película querías ver? —le dio la espalda a

Evan y se acercó a Gary, sabiendo en el fondo que Sally tenía razón.

Evan era el hombre para ella, no Gary.

—Estoy encantada de que hayas venido —dijo Jessica Dryden cuando le abrió la puerta.

Mary Jo entró en la casa de los Dryden, sorprendida de que no hubiera salido a recibirla el ama de llaves. Por lo que ella recordaba de la casa de los padres de Evan, Whispering Willows, los empleados domésticos llevaban con ellos más de treinta años.

—Gracias a ti por invitarme —dijo Mary Jo, mirando a su alrededor.

La casa estaba decorada con muebles cómodos y modernos. Encima de la chimenea había un paisaje marino, pero no era de ningún pintor que Mary Jo reconociera. A juzgar por la decoración y el ambiente relajado, Damian y Jessica parecían la típica pareja joven.

—He preparado una ensalada de marisco —dijo Jessica, mientras conducía a Mary Jo hacia la cocina, una habitación espaciosa e impecable.

Mary Jo la seguía fijándose en cada detalle. La casa de Jessica y Damian era espaciosa y agradable, pero no tenía nada que ver con

Whispering Willows.

—¿Has hecho tú la ensalada? —preguntó Mary Jo.

No pretendía parecer mal educada, pero había dado por sentado que Jessica tendría ayuda en la cocina.

—Sí —contestó Jessica complacida—. Soy una excelente cocinera. O por lo menos Damian no se queja... demasiado —añadió entre risas—. He pensado que podíamos comer en el jardín, si no te importa. Hace una tarde preciosa. Hace un rato he estado arreglando el jardín y he cortado unas rosas. En esta época del año están preciosas.

Unas puertas corredizas de cristal daban al jardín. En él había una mesa a la que daba sombra una sombrilla de rayas. Sobre la mesa había dos manteles individuales de color rosa y un par de servilletas de lino. Entre ellos descansaban unas rosas amarillas.

—¿Te apetece comer con té frío? —preguntó Jessica a continuación.

—Por favor.

—Siéntate. Yo lo traeré todo.

—Déjame ayudarte.

Mary Jo no estaba acostumbrada a ser servida y se habría sentido incómoda dejando que Jessica hiciera todo el trabajo. Siguió a Jessica a la cocina y se hizo cargo de la jarra de té mientras Jessica llevaba la ensalada.

—¿Dónde está Andy? —preguntó Jessica.

—Durmiendo —dejó el cuenco de la ensalada y los vasos sobre la mesa y miró el reloj—. Tenemos toda una hora de paz... espero.

Se sentaron a la vez. Jessica miró a Mary Jo muy seria y comenzó a hablar.

—Supongo que te parezco terriblemente impertinente por haberte escrito esa nota, pero me moría de ganas de hablar contigo.

—Admito que ha sido la curiosidad la que me ha traído hasta aquí —confesó Mary Jo.

Esperaba sentirse torpe y fuera de lugar, pero Jessica era tan sencilla y sociable que se sentía absolutamente cómoda.

—Conozco a Evan desde que era una niña. Crecimos siendo vecinos —le explicó Jessica—. Cuando era adolescente, estuve locamente enamorada de él. Hice el más absoluto de los ridículos —sacudió la cabeza con ironía.

Mary Jo pensó que no le extrañaba que Jessica le gustara tanto. Era obvio que tenían muchas cosas en común. Sobre todo, en lo relativo a Evan.

—Como quizá sepas, yo estaba trabajando con Evan cuando representó a Earl Kress. Naturalmente, pasábamos mucho tiempo juntos en esa época. Evan y yo llegamos a ser muy buenos amigos y me habló de ti.

Mary Jo alisó nerviosa la servilleta que tenía en el regazo. No estaba segura de querer oír lo que Jessica tenía que decir.

—Lo herí profundamente, ¿verdad? —preguntó Jessica, manteniendo la cabeza gacha.

—Sí —al parecer, Jessica no creía en las virtudes de la diplomacia—. No sé lo que ocurrió entre tú y el hombre por el que dejaste a Evan, pero es evidente que la cosa no funcionó tal como esperabas.

—Pocas cosas funcionan de la manera que esperamos, ¿verdad? —contestó Mary Jo crípticamente.

—No —Jessica bajó el tenedor—. Durante mucho tiempo, estuve convencida de que no había ninguna esperanza para Damian y para mí. Ya ves, estaba enamorada de Damian, pero todo el mundo continuaba insistiendo en que Evan y yo deberíamos formar una pareja. Era una situación de lo más confusa, así que no voy a entrar en detalles, pero Damian parecía pensar que estaba comportándose de la forma más noble quitándose de en medio para que yo pudiera casarme con Evan. No parecía importar que yo estuviera enamorada de él. Y la cosa se complicó todavía más por culpa de las expectativas familiares. Oh, Dios mío —exhaló un sentido suspiro—, fue una época deprimente.

—Pero al final todo salió bien.

—Sí —contestó Jessica con una relajada sonrisa—. No fue fácil, pero estaba segura de que el esfuerzo merecería la pena —se interrumpió y posó las manos en el regazo—. Ésa es la razón por la que te he pedido que vinieras a almorzar conmigo. Soy consciente de que lo que ocurra entre Evan y tú no es asunto mío. Y conociendo a Evan, estoy segura de que se enfadaría si se enterara de que he estado hablando contigo, pero... —se interrumpió y tomó aire—. En una ocasión, compartiste algo muy especial con Evan. Estoy deseando que, con un pequeño esfuerzo por parte de ambos, podáis recuperarlo.

Un manto de tristeza pareció caer sobre los hombros de Mary Jo. Cuando habló, sus palabras fueron poco más que un suspiro.

—Ya no es posible.

—¿Por qué no? No sé por qué has vuelto a ponerte en contacto con Evan, no es asunto mío, pero soy consciente del gran valor que debes haber necesitado para ello. Ya has recorrido medio camino, Mary Jo, no renuncies ahora.

Mary Jo deseaba poder creerlo ella también, pero ya era demasiado tarde para Evan y para ella. Cualquier oportunidad que hubieran tenido como pareja, la habían destrozado mucho tiempo atrás.

Y por su propia voluntad.

Las razones por las que había puesto fin a su relación no habían cambiado. Lo había hecho porque tenía que hacerlo y lo había hecho de manera que Evan nunca pudiera perdonarla. Era parte del plan... Y todo por el bien de Evan.

—Creo que Evan me odia —musitó. Hablar le resultaba casi doloroso; le temblaba la voz.

—Tonterías —insistió Jessica—. No lo creo ni por un momento.

Mary Jo deseaba poder aceptar las palabras de su amiga, pero Jessica no había estado presente cuando Evan le había sugerido que contratara a otro abogado. Y tampoco había visto la expresión de sus ojos cuando se había enfrentado a él en el pasillo de la casa de sus padres. Y no estaba a su lado cuando Mary Jo le había presentado a Gary.

La despreciaba y lo más irónico era que no podía culparlo por ello.

—Sólo acuérdate de lo que te he dicho —la urgió Jessica—. Sé paciente con Evan y contigo misma. Pero sobre todo, no renuncies. No renuncies hasta que estés plenamente convencida de que realmente no puede funcionar. Te lo digo por experiencia propia. Mary Jo, la recompensa merece la pena, aunque en ello te vaya el orgullo. Yo ahora no podría imaginarme la vida sin

Damian y sin Andy.

Tras un breve silencio, Mary Jo cambió de tema con firmeza y las dos mujeres continuaron comiendo. La conversación fue alegre y desenfadada, hablaron sobre los libros y las películas que a ambas les gustaban, compartieron anécdotas sobre amigos y familia y expresaron sus respectivas opiniones sobre algunos personajes públicos.

Continuaron con una divertida discusión sobre uno de los jugadores de los Red Sox mientras llevaban los platos a la cocina. Y justo cuando acababan de llegar, sonó el timbre.

—Yo abriré —dijo Jessica.

Sonriendo, Mary Jo enjuagó los platos y los colocó en el lavavajillas. Jessica le gustaba mucho. La esposa de Damian era una mujer abierta y natural y tenía un sentido del humor maravilloso. Y también estaba profundamente enamorada de su marido.

—Es Evan —dijo Jessica volviendo a la cocina. Tenía la voz tensa y contenida. Evan permanecía nervioso detrás de su cuñada—. Ha venido para dejarle unos documentos a Damian.

—Eh... hola Evan —lo saludó Mary Jo con torpeza.

Jessica le estaba suplicando con la mirada que por favor no pensara que había sido ella la que había organizado aquel accidental encuentro.

Andy soltó entonces un grito y Mary Jo decidió que no había conocido nunca a un niño con un sentido peor de la oportunidad.

Jessica se disculpó y Mary Jo continuó al lado del lavavajillas, deseando estar en cualquier otra parte del mundo.

—¿Qué estás haciendo aquí? —le preguntó Evan en el momento en el que Jessica se marchó.

—Tú te presentaste en casa de mi familia. ¿Por qué te sorprende tanto que esté yo en casa de tu hermano?

—A mí me invitaron —dijo Evan con fiereza.

—También me han invitado a mí.

Evan la miró como si no la creyera.

—Estupendo. Supongo que Jessica y tú habéis decidido ser amigas. Sí, eso parece algo propio de ti.

Mary Jo no tenía respuesta para un argumento tan injusto.

—Pues sucede —dijo Evan, en un claro intento de dejar el enfado tras él—, que pensaba llamarte esta tarde de todas formas.

—¿Por el caso de mis padres? —preguntó Jessica con ansiedad.

—He estado hablando con mi colega sobre

Adison Investments y al parecer éste podría ser un litigio largo.

Mary Jo se apoyó en el mostrador de la cocina.

—¿Largo es una manera de decir que va a ser caro?

—Pretendía hablar contigo sobre los honorarios cuando te llamara —continuó Evan con tono profesional.

—De acuerdo —dijo Mary Jo, muy tensa.

—Creo que es imposible que esto cueste menos de seis mil o siete mil dólares.

Mary Jo contuvo la respiración. Esa cantidad de dinero era una fortuna para sus padres. Y para ella también.

—Podría llegar a ser incluso más caro.

En otras palabras, le estaba diciendo que no quería llevar él el caso. Mary Jo sintió la imperiosa necesidad de sentarse. Caminó hasta la mesa, sacó una silla y se dejó caer en ella.

—Estaría dispuesto a hacer todo lo que estuviera en mi mano, pero…

—No me mientas, Evan —contestó Mary Jo, luchando para contener el dolor y la frustración.

Había acudido a Evan porque él tenía poder e influencia para ayudar a su familia. Y porque era un abogado condenadamente bueno. Porque confiaba en que era un hombre honesto y con ética.

—No estoy mintiendo.

—Seis o siete mil dólares es mucho más dinero del que mi padre puede pagarte. Es posible que no sea mucho dinero para ti o para tu familia, pero nosotros no podremos reunir una cantidad así en mucho tiempo.

—Estoy dispuesto a aceptar que me paguéis a plazos.

Qué generoso por su parte, pensó Mary Jo con sarcasmo.

—Y podría haber otra manera —añadió.

—¿Cuál?

—Si estás de acuerdo, por supuesto.

Mary Jo no estaba segura de que le gustara cómo sonaba aquello.

—Un trabajo durante el verano. Estás de vacaciones, ¿verdad?

Mary Jo asintió.

—Mi secretaria, la señora Sterling, va a hacer un viaje largo por Europa este verano. Yo pretendía contratar a una sustituta, pero recuerdo que tú mecanografiabas de manera excelente.

—Mis habilidades como mecanógrafa son ridículas y no sé taquigrafía.

Evan sonrió como si aquello no tuviera importancia. Evidentemente, lo que pretendía era destrozarle la vida durante los próximos dos meses.

—Pero aprendes muy rápido. ¿Tengo

razón o no? —la presionó.

—Bueno, digamos que no me cuesta comprender las cosas.

—Eso era lo que pensaba —extendió las manos—. Y ahora, ¿quieres ese trabajo o no?

Capítulo cuatro

—ES un placer trabajar para el señor Dryden. Estoy segura de que no tendrá ningún problema —dijo la señora Sterling. Parecía absolutamente encantada de que Mary Jo la sustituyera—. Evan no es en absoluto exigente y no recuerdo una sola vez en la que no haya sido razonable.

Mary Jo sospechaba que en su caso las cosas iban a ser muy diferentes.

—Yo podría haberme retirado cuando se jubiló mi marido, pero disfruto tanto con mi trabajo que decidí continuar —siguió diciendo la señora Sterling—. No podía soportar la idea de dejar solo a un hombre joven. De alguna manera, Evan es como mi propio hijo.

—Estoy segura de que el sentimiento es recíproco —contestó Mary Jo educadamente.

No sabía durante cuánto tiempo iba a poder seguir soportando el recitado de la lista de cualidades de Evan. Aunque no dudaba de que fueran ciertas. Por lo menos, para la señora Sterling.

Hasta ese momento, Evan la había puesto en una situación embarazosa delante de su familia y la había chantajeado para que trabajara para él. De modo que tenía serios problemas para imaginárselo como el príncipe azul de la Cenicienta. En cuanto a lo de que era un verdadero placer trabajar para él, Mary Jo albergaba muy serias dudas al respecto.

—Me alegro de que tenga esta oportunidad de viajar con su marido —añadió Mary Jo.

—Esa es otra cuestión —la secretaria continuaba deshaciéndose en agradecimientos—. ¿Qué jefe permitiría que su secretaria se marchara de vacaciones durante dos meses? Para él es una molestia terrible. Sin embargo, el señor Dryden me ha animado a hacer este viaje con Dennis. Vaya, de hecho ha insistido en que me fuera. Le prometo que no creo que haya nadie mejor que el señor Dryden. Y estoy segura de que va a disfrutar de este verano.

Mary Jo se esforzó en esbozar una débil sonrisa.

Evan quería tenerla metida en un puño y, por mucho que le desagradara la idea de aceptar tal presión, Mary Jo no tenía elección. El pago de seis o siete mil dólares sería económicamente traumático para sus padres, Evan lo sabía. Y también era consciente de que sus hermanos no estaban en condiciones de ayudarlos.

Con la crisis económica que estaba atravesando el país, las obras estaban disminuyendo. Jack, Rich y Lonny habían estado cobrando el paro durante la mayor parte del invierno y justo en aquel momento estaban comenzando a superar aquel mal momento. Y el taller de Mark y de Bill apenas era capaz de mantenerse.

Había sido ella la que había ido a pedirle ayuda a Evan y era ella la que había asumido la responsabilidad de pagar su minuta. Cuando les había dicho a sus padres que iba a trabajar para Evan, estos se habían mostrado encantados. Su madre parecía pensar que era la solución perfecta. Tanto si Evan lo había planeado así como si no, el hecho de que la hubiera contratado había aliviado los temores de su padre sobre la posibilidad de pagar sus honorarios. Al parecer, dejar que ella pagara los gastos de su bolsillo era inaceptable para Norman Summerhill, pero un intercambio de servicios, por llamarlo de alguna manera, era una buena solución.

Evan, que jamás cometía un error en lo que a sus padres concernía, saldría de todo aquello oliendo como una rosa, por utilizar una de las expresiones favoritas de su padre.

Mary Jo se preguntaba si no estaría siendo injusta al dar por sentado que lo que Evan pretendía era vengarse de ella, encontrar la manera de destrozarle la vida. Quizá lo estuviera juzgando equivocadamente.

Quizá. Pero, sinceramente, lo dudaba.

—Ahora voy a ir a almorzar —dijo la señora Sterling, abrió uno de los cajones de su escritorio y sacó un bolso de mano. Vaciló un instante—. Podrás arreglártelas sola, ¿verdad?

—Por supuesto —Mary Jo hizo un esfuerzo para parecer infinitamente confiada, aunque no lo estuviera en absoluto.

El pasante de Evan, Peter McNichols, iba a estar de vacaciones durante las dos semanas siguientes, de manera que iba a tener que enfrentarse a Evan completamente sola.

Mary Jo no estaba segura de que estuviera emocionalmente preparada para algo así. El sentimiento de inseguridad que se había instalado en la boca de su estómago le recordaba a lo que había sentido la primera vez que había tenido que enfrentarse a una clase llena de niños de cinco años.

No acababa de marcharse la señora Sterling cuando Evan llamó a Mary Jo. Ésta agarró un bolígrafo y una libreta y corrió a su despacho decidida a ser la mejor secretaria que Evan podría haber contratado.

—Siéntate —le pidió el abogado en tono enérgico y eficiente.

Mary Jo obedeció. Se sentó en el borde de

la silla con la espalda tiesa como el palo de una escoba y los hombros tensos.

Evan alargó la mano hacia una agenda no muy voluminosa con las tapas gastadas y hojeó entre sus páginas para buscar algunos nombres. Mary Jo comprendió que debía de ser la típica agenda de soltero. Sabía que Evan tenía una gran reputación; al fin y al cabo, era uno de los solteros más codiciados de Boston. Cada seis meses aproximadamente, las columnas de cotilleos especulaban sobre el último amor de Evan Dryden. Una agenda de ese tipo era exactamente lo que esperaba de él.

—Pide una docena de rosas para que se las envíen a Catherine Moore —dijo, y le garabateó la dirección. Mary Jo reconoció inmediatamente la calle; pertenecía a uno de los mejores barrios de la ciudad—. Y sugiérele que quedemos para almorzar el día veinticinco, alrededor de las doce y media —mencionó un elegante restaurante de Boston—. ¿Lo has anotado? —le preguntó.

—Me encargaré inmediatamente —contestó Mary Jo con voz glacial, sin revelar ninguna clase de sentimiento.

Evan había hecho aquello a propósito. Quería que fuera ella la que le concertara una cita con una de sus muchas conquistas para humillarla, para que aprendiera la lección. Era su manera de decirle que se había recuperado por completo de su corto romance y que había muchas otras mujeres encantadas de recibir sus atenciones.

Pues bien, Mary Jo había comprendido el mensaje. Alto y claro. Se levantó, dispuesta a volver a su escritorio.

—Hay algo más —añadió Evan.

Mary Jo volvió a sentarse y apenas fue capaz de seguirlo mientras él comenzaba a dictarle nombre tras nombre seguido por un número de teléfono y una dirección. Cada una de aquellas mujeres tenía que recibir una docena de rosas y una invitación a almorzar en el día y el lugar que él sugería.

Cuando terminó, Mary Jo contó seis nombres; cada uno de ellos conjuraba una belleza escultural. Sin duda alguna, todas y cada una de aquellas mujeres la aventajaba con mucho en aspecto, talento y, lo más importante, posición social.

Mary Jo no había sido consciente hasta entonces de la cantidad de restaurantes a los que un hombre podía llevar a diferentes mujeres, pero se reservó su opinión para sí. Si Evan esperaba que le diera la satisfacción de una respuesta, estaba completamente equivocado.

Acababa de encargar todas las flores cuando Damian Dryden entró en el despacho.

—Hola —la saludó.

Abrió los ojos como platos al encontrarla sentada en la mesa de la señora Sterling.

Mary Jo se levantó y le tendió la mano.

—Soy Mary Jo Summerhill. Nos conocimos la semana pasada —no mencionó la otra ocasión en la que Evan se lo había presentado. Desde luego, no creía que Damian lo recordara.

Había ocurrido tres años atrás. Evan y Mary Jo habían estado navegando y se habían encontrado a Damian en el muelle. La primera impresión que le había causado el hermano de Evan era la de un astuto hombre de negocios. Damian le había parecido tenso y, de alguna manera, distante. Había mostrado muy poco interés en sus comentarios sobre el tiempo o la navegación. Por conversaciones que había mantenido previamente Mary Jo con Evan sobre su hermano, sabía que éste era un hombre serio y trabajador, y eso fue exactamente lo que le pareció, un hombre que no tenía tiempo para dedicarse a asuntos frívolos. En aquel momento, formaba parte de la Corte Superior de Justicia, pero se dejaba caer muy a menudo por la firma de abogados de la familia. Al parecer, los dos hermanos mantenían una relación casi de amistad.

El hombre que se había encontrado en

el muelle aquel día y el que permanecía en aquel momento delante de ella parecían dos personas diferentes. Damian continuaba teniendo el aspecto de un hombre serio y trabajador, pero parecía más relajado, más capacitado para la sonrisa. Mary Jo estaba convencida de que habían sido el matrimonio y la paternidad lo que habían marcado la diferencia y se alegraba sinceramente por Jessica y por él. Le parecía que eran perfectos el uno para el otro.

—¿Ahora trabajas para la firma? —le preguntó Damian.

—La señora Sterling va a hacer un viaje a Europa este verano —le explicó Mary Jo—, y Evan... eh... me ha ofrecido el trabajo —una forma muy educada de decir que la había coaccionado para que aceptara aquel puesto.

—Pero yo pensaba... —Damian se interrumpió bruscamente y sonrió—. ¿Está Evan dentro?

—Sí, voy a decirle que estás aquí.

Alargó la mano hacia el intercomunicador, lo conectó y anunció a Damian.

Éste se dirigió directamente al despacho de su hermano.

Mary Jo estaba poniéndose al tanto del sistema de archivos cuando oyó que Evan estallaba en carcajadas. Realmente, no era justo asumir que se estaba riendo de algo relacionado con ella, pero no pudo evitar creer que así era.

Damian salió sonriendo un par de minutos después y se detuvo frente al escritorio de Mary Jo.

—No dejes que te lo haga pasar mal —le dijo amablemente—. Mi mujer me comentó que habías estado comiendo con ella la semana pasada, pero no me dijo nada de que fueras a trabajar para la firma.

—Yo... tampoco yo lo sabía en ese momento —farfulló Mary Jo.

En realidad, no había aceptado aquel trabajo hasta mucho después y tras haber pasado varios días analizando sus limitadas opciones.

—Ya entiendo. Bueno, me alegro de tenerte con nosotros, Mary Jo. Si tienes alguna pregunta o preocupación, no dudes en hablar con Evan. Y si te lo hace pasar mal, dímelo y lo pondré en vereda.

—Gracias —respondió Mary Jo.

Y realmente lo agradecía, aunque no se veía a sí misma quejándose a Damian de su hermano.

Decidió cambiar de actitud sobre la situación. Se olvidaría de Evan y de sus posibles motivaciones y comenzaría a considerar el lado positivo de aquella oportunidad. Iba a poder ayudar a sus padres sin necesidad de echar mano de sus propios ahorros. Definitivamente, las cosas podían ir mucho peor.

Mary Jo no se dio cuenta de hasta qué punto podían ir peor hasta el miércoles, el primer día que tuvo que trabajar sola. La señora Sterling había pasado los dos días anteriores poniendo a Mary Jo al tanto de los mecanismos del despacho y del sistema de archivos. La había puesto al corriente de los casos en los que estaba trabajando Evan en aquel momento y Mary Jo se sentía razonablemente confiada en su capacidad para enfrentarse a cualquier imprevisto que ocurriera.

Evan la llamó a su despacho alrededor de las once de la mañana.

—Necesito el expediente de William Jenkins.

—Ahora mismo te lo traigo —le aseguró Mary Jo.

Regresó a la oficina, abrió el archivador y buscó entre las lengüetas de colores de cada expediente. Localizó varios clientes con el mismo apellido, Jenkins, pero ninguno de ellos se llamaba William. El corazón comenzó a latirle a toda velocidad, presa del terror mientras abría otro de los cajones del archivador, pensando que había cometido un error.

Pasaron cinco minutos. Evan salió de su despacho bruscamente y preguntó irritado:

—¿Dónde está el problema?

—Yo... no encuentro el fichero de William Jenkins —contestó precipitadamente, revisando los ficheros una vez más—. ¿Estás seguro de que no lo tienes en tu mesa?

—¿Te habría pedido que me lo llevaras si lo tuviera en mi mesa?

Mary Jo podía sentir su fría mirada clavándose directamente en su espalda.

—No, supongo que no, pero no está aquí.

—Tiene que estar. Recuerdo perfectamente que se lo entregué a la señora Sterling el lunes.

—La señora Sterling me pidió que ordenara los expedientes el lunes —admitió Mary Jo a regañadientes.

—Entonces lo habrás archivado mal.

—No recuerdo haber guardado ningún archivo con ese nombre —insistió con cabezonería.

No quería hacer de aquello un problema, pero había tenido un cuidado exquisito con cada expediente y había revisado dos veces su trabajo.

—¿Estás diciéndome que yo no devolví ese expediente? ¿Estás llamándome mentiroso?

Aquello no iba nada bien.

—No —contestó en voz deliberadamente baja—. Lo que te estoy diciendo es que no recuerdo haber archivado ningún caso con ese apellido —sus miradas se encontraron en una silenciosa batalla.

Evan entrecerró los ojos brevemente.

—¿Estás haciendo esto a propósito, Mary Jo? —le preguntó, cruzándose de brazos.

—Por supuesto que no —alzó la barbilla indignada y lo miró a los ojos—. Puedes pensar de mí lo que quieras, pero yo jamás haría algo tan sucio como esconder un expediente importante.

No estaba segura de si la creía o no y su falta de confianza le dolía más que cualquier cosa que pudiera decirle.

—Si realmente sospechas que estoy saboteando tu trabajo, te sugiero que me despidas inmediatamente.

Evan se acercó al archivo y abrió el primer cajón. Comenzó a buscar tal y como lo había hecho Mary Jo minutos antes.

En silencio, Mary Jo rezaba para no haberlo pasado por alto. Si Evan lo encontraba, la humillación sería insoportable.

—No está aquí —musitó Evan. Parecía casi sorprendido.

Mary Jo dejo escapar un suspiro de alivio.

—¿Dónde puede estar? —preguntó Evan

con impaciencia—. Lo necesito para la cita de esta tarde.

Mary Jo dio un par de pasos hacia él.

—¿Te importa que mire en tu despacho?

Evan señaló hacia la puerta abierta.

—Claro que no.

Mary Jo revisó la pila de expedientes que tenía en el escritorio y buscó también en su maletín sin ningún éxito. Miró el reloj y gimió.

—Tienes una cita a la hora del almuerzo.

—¡Necesito ese expediente! —replicó Evan.

—Estoy haciendo todo lo que puedo —respondió Mary Jo.

—Pues está claro que todo lo que puedes no es suficiente. ¡Encuéntrame ese expediente de una vez!

—Trabajaría mucho mejor si no estuvieras todo el tiempo detrás de mí. Vete a almorzar y yo me dedicaré a buscarlo.

Desmantelaría todos y cada uno de los cajones del archivador hasta que lo encontrara, si realmente estaba allí.

Evan vaciló un instante y miró el reloj.

—No tardaré mucho —musitó. Fue a buscar la chaqueta y se la puso—. Te llamaré desde el restaurante.

—De acuerdo.

—Y en el peor de los casos, podemos

cambiar la cita —dijo mientras se abrochaba la chaqueta.

Evan siempre había sido un hombre elegante, se descubrió pensando Mary Jo. Fueran cuales fueran las circunstancias, siempre parecía salido de las páginas de una revista de modas.

—Mira —dijo Evan, deteniéndose en la puerta—, no te preocupes por eso. Ese caso tiene que aparecer en algún momento —parecía estar intentando disculparse, aunque fuera indirectamente, por su arranque de genio.

Mary Jo asintió, sintiéndose culpable aunque no tuviera ninguna razón para ello. Pero el expediente del caso había desaparecido y se sentía responsable de ello, aunque nunca lo hubiera visto.

Como se había llevado el almuerzo al trabajo, Mary Jo estuvo comiendo mientras revisaba los cajones. La señora Sterling era meticulosamente ordenada y no había nada que indicara que pudieran haberse confundido al guardar aquel expediente.

Estaba sentada en la alfombra, con un montón de carpetas a su alrededor, cuando llamó Evan.

—¿Lo has encontrado?

—No, lo siento. Evan...

El largo silencio de Evan sumó intensidad

a su culpabilidad y su confusión. Había decidido ser una buena sustituta. Por el amor de Dios, había prometido que iba a merecer el dinero que Evan iba a dejar de cobrarles. Y, sin embargo, allí estaba, aquél era el primer día que trabajaba sola y ya le había fallado.

Para cuando Evan volvió al despacho, ya había vuelto a ordenarlo todo. Evan hizo una llamada para cambiar la cita con William Jenkins, ahorrándole a Mary Jo la tarea de inventar una excusa.

A las tres en punto sonó el teléfono. Era Gary; en el instante en el que reconoció su voz, Mary Jo gimió para sí.

—¿Cómo me has localizado? —preguntó, manteniendo la voz baja.

Estaba segura de que a Evan no le haría ninguna gracia que recibiera llamadas personales, y menos de un amigo. Después del enfrentamiento de aquella mañana, ya se sentía suficientemente mal.

—Tu madre me ha dicho que estabas trabajando para Mister Dólar.

—No lo llames así —respondió Mary Jo con calor, sorprendida por el fogonazo de furia que surgió en su interior.

Gary se quedó callado, como si también a él le hubiera desconcertado su respuesta.

—Perdona —dijo, y parecía sinceramente arrepentido—. No te llamaba para discutir.

Quería que supieras que me he tomado muy en serio la conversación que tuvimos el domingo. ¿Qué te parecería que saliéramos a cenar y a bailar este sábado? Podríamos ir a uno de esos sitios en los que te permiten comer todo lo que quieras y hacen barbacoas y después podríamos ir a bailar.

—¿No podríamos hablar de esto más tarde?

—¿Sí o no? —intentó engatusarla Gary—. No creo que sea tan difícil. Yo pensaba que te gustaría.

—No me parece bien que me llames al trabajo.

—Pero cuando tú salgas del trabajo, yo estaré en la estación de bomberos —le explicó—. Pensaba que querías que pasáramos más tiempo juntos. Eso fue lo que dijiste, ¿no?

¿Era eso lo que había dicho? Mary Jo creía que no. O, por lo menos, no exactamente.

—Eh... bueno... —¿por qué tenía que ser la vida tan complicada?

—Me alegro mucho de que habláramos —continuó Gary al ver que ella no decía nada—, porque tiendo a ser muy cómodo en las relaciones. Y quiero que sepas lo mucho que aprecio tu compañía.

—De acuerdo, iré —dijo de mala gana, sabiendo que era la única manera que tenía

de hacerle colgar rápidamente el teléfono—.
El sábado por la tarde. ¿A qué hora?

—¿A las seis te parece bien? Pasaré a buscarte.

—Sí, a las seis está bien.

—Lo pasaremos muy bien, Mary Jo. Ya verás.

Mary Jo no estaba muy convencida, pero suponía que no tenía derecho a quejarse. Ansioso por complacerla, Gary estaba haciendo exactamente lo que le había pedido. Y, francamente, cenar con Gary era condenadamente mejor que quedarse sola en casa.

Acababa de colgar el teléfono cuando Evan abrió la puerta de su despacho y se quedó mirándola fijamente, con expresión de dura desaprobación. No dijo una sola palabra sobre llamadas personales, pero no hizo falta que lo hiciera. Mary Jo sintió un intenso calor irradiando de sus mejillas.

—Era... era Gary —dijo. Inmediatamente deseó abofetearse por haberle dado aquella información voluntariamente—. Le he explicado que no podía atender llamadas personales en la oficina. No volverá a llamar.

—Estupendo —contestó Evan.

El sonido de la puerta al cerrarse pareció subrayar su desaprobación.

Mary Jo volvió a concentrarse en la carta que estaba transcribiendo al ordenador.

Justo antes de las cinco, tomó todas las cartas que necesitaban la firma de Evan y las llevó a su despacho. Evan estaba revisando el interior del maletín y alzó momentáneamente la mirada cuando Mary Jo llamó a la puerta y entró.

—¿Quieres que haga algo más antes de marcharme? —le preguntó mientras dejaba las cartas sin firmar en una esquina del escritorio.

Evan negó con la cabeza.

—No, gracias. Buenas noches.

Sonaba tenso y formal. Como si nunca la hubiera abrazado. Como si nunca la hubiera besado. Como si ella nunca hubiera significado nada para él y nunca fuera a hacerlo.

—Buenas noches —respondió Mary Jo rápidamente, y salió del despacho.

Después de su breve discusión sobre el expediente perdido, habían mantenido un tono fríamente educado durante el resto del día.

Si su intención era castigarla, no podía haber ideado una manera más efectiva de conseguirlo.

Porque Mary Jo amaba a Evan. Nunca había dejado de quererlo, por mucho que hubiera intentando convencerse a sí misma de lo contrario. Estar con él cada día y mantener aquella fachada fría y profesional era para ella la más cruel forma de castigo.

Una vez en casa, Mary Jo se quitó los zapatos, se dejó caer en la mecedora y cerró los ojos en un desesperado intento de relajarse. Todavía no llevaba trabajando para Evan ni una semana y ya se estaba preguntando si podría soportarlo un día más.

En el resto del verano, no era capaz siquiera de pensar.

—Lo que no comprendo —comentó Marianna Summerhill mientras cortaba pollo para la ensalada en la cocina—, es por qué rompisteis Evan y tú.

—Mamá, por favor, eso ocurrió hace mucho tiempo.

—No tanto, dos o tres años como mucho.

—¿Quieres que ponga la mesa? —preguntó Mary Jo, esperando distraer a su madre.

El hecho de que no hubiera sospechado que había gato encerrado tras aquella invitación a cenar sólo demostraba hasta qué punto tenía bajas las defensas. Su madre la había llamado la noche anterior, cuando Mary Jo todavía estaba recuperándose después de toda una jornada laboral con Evan, y había insistido en que fuera a cenar y a hacerles una visita.

—¿Cómo va el trabajo? —le preguntó su padre, que estaba sentado a la mesa de la cocina.

El enorme comedor estaba reservado para las comidas de los domingos, en las que se reunían cuantos miembros de la familia podían.

—Oh, genial —contestó Mary Jo, esforzándose para esbozar una tranquilizadora sonrisa.

No quería que sus padres supieran el coste emocional que estaba teniendo para ella aquel trabajo.

—Ahora mismo le estaba diciendo a Mary Jo que Evan Dryden es un hombre muy educado —dijo su madre, mientras colocaba la ensalada en el centro de la mesa.

—Sí, desde luego, es un hombre decente. Estuviste saliendo con él hace años, ¿verdad?

—Sí, papá.

—A mí me parecía que los dos ibais muy en serio —como Mary Jo no contestó inmediatamente, añadió—: Por lo que yo recuerdo, te regaló una sortija de compromiso, ¿no es cierto? Viniste a cenar a casa con él en más de una ocasión. ¿Qué ocurrió, Mary Jo? ¿Nuestra familia lo asustó?

Mary Jo siempre les había ocultado la verdad. Evan había congeniado inmediatamente con su familia. Lo habían recibido con los brazos abiertos, le habían dado la bienvenida, encantados de que Mary Jo hubiera encontrado un hombre al que amar. Por nada del mundo se permitiría Mary Jo hacerles daño a sus padres. Por nada del mundo les diría la verdad.

¿Cómo podía explicarles que su única hija, una hija a la que adoraban, no era suficientemente buena para los arrogantes Dryden? En el instante en el que Mary Jo había conocido a la madre de Evan, había sentido la desilusión de aquella mujer. Lois Dryden estaba buscando para su hijo una nuera mucho mejor de lo que Mary Jo podría llegar a ser nunca.

Y la conversación que habían mantenido las dos en privado después de la cena se lo había dejado muy claro. Evan estaba destinado a formar parte del mundo de la política y necesitaría un determinado tipo de esposa, le había explicado. Mary Jo no había oído mucho más a partir de ese momento.

La señora Dryden había insinuado de manera evidente que Mary Jo podría dificultar las aspiraciones políticas de Evan. Que podría arruinarle la vida. Había comentado algo más sobre el destino, las expectativas de la familia y los requisitos para ser la esposa de un político. Los recuerdos que tenía Mary Jo de aquella conversación eran vagos. Pero el mensaje que había querido enviarle la señora Dryden le había quedado clarísimo.

Evan necesitaba una mujer que pudiera ser un activo en su carrera política y en su vida social. Mary Jo, en tanto que hija de un electricista, jamás lo sería. Y fin de la conversación.

—¿Mary Jo?

La voz preocupada de su madre irrumpió en sus pensamientos. Sacudió la cabeza y sonrió.

—Lo siento, mamá, ¿qué estabas diciendo?

—Tu padre te ha hecho una pregunta.

—Sobre ti y sobre Evan —le aclaró Norman—. Yo pensaba que vuestra relación iba en serio.

—Y así era —admitió Mary Jo; no veía ninguna otra posible respuesta—. Incluso llegamos a comprometernos... Pero al final nos separamos. Esas cosas pasan. Afortunadamente, nos dimos cuenta de que teníamos que hacerlo antes de que fuera demasiado tarde.

—Pero es un chico tan encantador...

—Sí, es un encanto —contestó Mary Jo sin negar su atractivo—. Pero no es un hombre para mí. Además, ahora estoy saliendo con Gary.

Sus padres intercambiaron miradas.

—¿No os gusta Gary? —los aguijoneó Mary Jo.

—Oh, por supuesto que nos gusta —contestó Marianna con mucho cuidado—. Eso sólo que... Bueno, es un hombre muy dulce pero, francamente, Mary Jo, no creo que sea el hombre indicado para ti.

Francamente, tampoco lo creía Mary Jo.

—A mí me parece —dijo su padre, mientras untaba mantequilla en un pedazo de pan— que ese hombre está más interesado en la cocina de tu madre que en ti.

Así que su familia también lo había notado. La verdad era que Gary tampoco lo había mantenido en secreto.

—Gary sólo es un amigo. No tenéis por qué preocuparos... nuestra relación no es nada serio.

—¿Y qué me dices de Evan?

Marianna estudió el semblante de su hija atentamente, con la expresión preocupada que adoptaba cada vez que sospechaba que alguno de sus hijos estaba enfermo. Entrecerraba los ojos y miraba con intensidad, como si mirando a Mary Jo durante el tiempo suficiente pudiera descubrir su problema.

—Oh, Evan también es un amigo —contestó Mary Jo sin darle importancia.

Pero ni siquiera ella lo creía. De hecho, dudaba de que pudieran volver a ser amigos otra vez.

El viernes por la tarde, justo antes de empezar a prepararse para irse, Evan llamó a Mary Jo a su despacho. Él estaba escribiendo y Mary Jo esperó a que hubiera terminado para preguntar:

—¿Querías verme?

—Sí —contestó con aire ausente y le tendió una carpeta—. Me temo que voy a necesitarte mañana.

—¿El sábado? —Mary Jo había dado por sentado que los sábados no trabajaba.

—Estoy seguro de que la señora Sterling te comentó que a veces tendrías que trabajar los fines de semana.

—No, no me lo comentó —contestó Mary Jo, con los hombros rígidos.

Podía imaginarse lo que la esperaba a continuación. Evan pretendía evitar de alguna manera que viera a Gary el sábado por la noche. Un hombre que almorzaba con una mujer diferente cada día de la semana quería dejarla sin una cita con un amigo.

—El caso es que voy a necesitarte mañana por la tarde. Tengo que ir a...

—Pues el caso es que ya tengo planes para

mañana por la tarde —lo interrumpió Mary Jo desafiante.

—Entonces te sugiero que los canceles —respondió Evan impasible—. Según los términos de nuestro acuerdo, estarías a mi disposición durante estos dos meses. Y te necesito este sábado por la tarde y por la noche.

—Sí, pero…

—¿Puedo recordarte que serás generosamente recompensada por el tiempo que vas a dedicar a tu trabajo?

Mary Jo tuvo que contar hasta diez para no perder la paciencia. No se había dejado engañar ni por un segundo. Evan estaba haciendo aquello intencionadamente. Había oído su conversación con Gary.

—¿Y si me niego? —preguntó.

La indignación y el desafío eran evidentes en cada sílaba que pronunciaba.

—Entonces no me quedará más remedio que despedirte.

La tentación de tirarle su puesto de trabajo a la cara era tan fuerte que Mary Jo tuvo que cerrar los ojos para controlarse.

—Estás haciendo esto intencionadamente, ¿verdad? —le preguntó entre dientes—. He quedado con Gary el sábado por la noche, lo sabes y quieres arruinarme la cita.

Evan se inclinó hacia delante en su silla

de cuero y pareció medir sus palabras con mucho cuidado.

—A pesar de lo que puedas pensar, no soy un hombre vengativo. Pero la verdad es que no me importa lo que pienses.

Mary Jo se mordió el labio con tanta fuerza que le dolieron los dientes.

—Tienes razón, por supuesto —dijo con voz queda—. No importa lo que yo piense —giró sobre sus talones y salió a toda velocidad de la oficina.

Su enfado era demasiado fuerte como para poder permanecer sentada. Durante diez minutos, estuvo paseando por el despacho y después se dejó caer en la silla. Apoyó los codos en el escritorio y enterró la cabeza entre las manos, sintiéndose muy cerca de las lágrimas. Pero no era su cita con Gary lo que de verdad le importaba, sino la intencionalidad con la que Evan se la había arruinado.

—Mary Jo.

Mary Jo bajó las manos y vio a Evan frente a su escritorio. Se miraron en silencio largo rato, hasta que Mary Jo desvió la mirada. En aquel momento lo único que quería era borrar el pasado y encontrar al hombre al que en otro tiempo había amado. Pero sabía que lo que Evan pretendía era hacerle daño, que pagara todo el dolor que ella le había causado.

—¿A qué hora me necesitas? —le preguntó sin ninguna expresión en la voz. Se negaba a mirarlo a los ojos.

—A las tres y media. Pasaré a buscarte a tu casa.

—Estaré preparada.

En medio del silencio que siguió a sus palabras, entró Damian en el despacho. Se detuvo al verlos y los miró alternativamente.

—No interrumpo nada, ¿verdad?

—No —Evan fue el primero en recuperarse y tranquilizó rápidamente a su hermano—. ¿Qué puedo hacer por ti?

Damian señaló la carpeta que llevaba.

—He estado revisando el caso Jenkins, como me pediste, y he tomado algunas notas. He pensado que podría apetecerte discutirlas conmigo.

Mary Jo recordó inmediatamente aquel nombre.

—¿Has dicho «Jenkins»? —preguntó emocionada.

—Bueno, sí, Evan me pasó este expediente el otro día y me pidió mi opinión.

—¿De verdad? —Evan parecía sinceramente sorprendido.

Damian frunció el ceño.

—¿No te acuerdas?

—No —contestó Evan—. Dios mío, ayer Mary Jo y yo estuvimos buscándolo durante todo el día.

—Lo único que tenías que haber hecho, hermanito, era preguntarme.

Los dos hombres desaparecieron en el despacho de Evan mientras Mary Jo terminaba de ordenar la mesa. Damian salió cuando ella estaba sacando el bolso de uno de los cajones.

—A Evan le gustaría verte un momento —dijo mientras se dirigía hacia la puerta.

Mary Jo dejó el bolso a un lado y entró en el despacho de Evan.

—¿Querías verme? —le preguntó fríamente, sin apartarse de la puerta.

Evan estaba en la ventana, con la mirada fija en la calle y las manos en la espalda. Tenía los hombros caídos, como si de pronto estuviera agotado. Se volvió hacia ella con expresión serena, casi fría.

—Quiero pedirte disculpas por la confusión que ha habido con el expediente de Jenkins. Ha sido culpa mía. Se lo di a Damian para que lo leyera y me olvidé.

Aquella disculpa era toda un sorpresa.

—No te preocupes —musitó.

—Sobre lo de mañana... —continuó diciendo, y bajó ligeramente la voz—... no voy a necesitarte en todo el día. Disfruta de esa cita con tu enamorado.

Capítulo cinco

—¿VA a venir Evan hoy? —preguntó Jack, el mayor de los hermanos de Mary Jo, mientras le tendía el cuenco con el puré de patatas a su esposa, Cathy.

—Sí —intervino Lonny—, ¿dónde está Evan?

—Me he enterado de que ahora trabajas para él —dijo Cathy, y añadió casi para sí—: Qué suerte.

La familia de Mary Jo estaba sentada alrededor de la mesa. Jack, Cathy y sus tres hijos, Lonny y Sandra, su esposa, junto a sus dos hijos, más los padres de Sandra. Y todos ellos estaban pendientes de Mary Jo.

—El señor Dryden no me tiene al corriente de sus planes —contestó muy tensa, sintiéndose cada vez más incómoda con las preguntas.

—¿Lo llamas señor Dryden? —preguntó su padre con el ceño fruncido.

—Soy su empleada —replicó Mary Jo.

—Su padre es senador —le recordó Marianna a su marido, como si ésa fuera una información importante que él desconociera.

—Yo pensaba que habías dicho que Evan era tu amigo —su padre no iba a renunciar, comprendió Mary Jo, hasta que tuviera las respuestas que quería.

—Es mi amigo —respondió tajante—, pero mientras esté trabajando para la firma, es importante mantener cierto decoro —era una buena respuesta, pensó satisfecha. Una respuesta que su padre no podía discutirle.

—¿Lo has invitado a comer el domingo, cariño? —quiso saber su madre.

—No.

—Entonces eso explica que no haya venido —contestó Marianna con un suspiro de desilusión—. La semana que viene iré yo misma a invitarlo. Tenemos una gran deuda con él.

Mary Jo reprimió las ganas de decirle a su madre que un hombre como Evan Dryden tenía planes más importantes para un domingo por la tarde que cenar con su familia. Había ido en una ocasión como un gesto de amistad, pero no deberían esperar volver a verlo por allí. Aunque su madre pronto se daría cuenta de ello.

—¿Cómo va el caso de Adison Investments, Mary Jo? —preguntó Jack mientras hundía el tenedor en la ensalada—. ¿Te has enterado de algo?

—Todavía no —contestó Mary Jo—.

Evan le hizo transcribir una carta a la señora Sterling la semana pasada. Creo que les envió una copia a papá y a mamá.

—Es cierto —contestó su padre.

—Por lo que tengo entendido, Evan... bueno, el señor Dryden, le ha dado a Adison Investments dos semanas para responder. Si después de ese tiempo no sabe nada de ellos, comenzará a preparar la denuncia.

—¿Espera que contesten? —preguntó Rich, con sus ojos oscuros relampagueando de furia.

—No te alteres por ese asunto, hijo. Evan y Mary Jo lo están controlando todo y tengo una fe absoluta en que se haga justicia.

La familia volvió a concentrarse en la comida y Mary Jo agradeció que la conversación se centrara en otros temas. Pero de pronto, cuando menos se lo esperaba, su madre preguntó:

—¿Qué tal fue la cena con Gary?

Mary Jo se quedó tan desconcertada que dejó de masticar. Detuvo el tenedor a medio camino de su boca. ¿Por qué de pronto su vida le interesaba tanto a todo el mundo?

—Bien —musitó, y tragó. Una vez más, toda la familia estaba pendiente de ella—. ¿Por qué me miráis todos? —preguntó furiosa.

Lonny se echó a reír.

—Podría ser porque nos estamos preguntando por qué sales con alguien como Gary Copeland cuando podrías hacerlo con alguien como Evan Dryden.

—Dudo mucho que Evan salga con sus empleadas —contestó indignada—. No es bueno para el trabajo.

—Evan me gusta mucho —intervino la pequeña Sally—. A ti también, ¿verdad, tía Mary Jo?

—Eh… sí —admitió, sabiendo que nunca se le había dado bien mentir, por lo menos delante de su familia. La conocían demasiado bien.

—¿Y ahora dónde está Gary? —preguntó su hermano mayor, como si acabara de darse cuenta de que no había ido a comer—. Normalmente siempre está aquí. Cualquiera diría que ese tipo nunca ha probado la comida casera.

Aquél era un buen momento para dar una explicación, decidió Mary Jo.

—Gary y yo hemos decidido dejar de vernos, Jack —contestó, esperando poder ahorrarse los detalles—. Ambos estamos en momentos vitales muy diferentes… y hemos decidido no volver a salir.

—¿No es eso lo mismo que me dijiste sobre Evan Dryden? —preguntó su padre pensativo.

Mary lo había olvidado. No sabía qué le había dicho exactamente.

—A mí me parece —añadió su padre con una astuta mirada—, que últimamente te separas de todo el mundo.

Su madre, que Dios la bendijera, miró a su marido con el ceño fruncido.

—Si quieres saber mi opinión, yo veo las cosas de manera completamente diferente —afirmó, como si quisiera poner fin a la conversación.

De alguna manera, Mary Jo iba a echar de menos a Gary. Eran amigos y se habían separado en términos amistosos. Ella no pretendía poner fin a su relación, pero durante la cena, Gary había sugerido que comenzaran a pensar seriamente en un futuro en común.

Mary Jo había sufrido un gran impacto, por decirlo con palabras suaves. Ella se sentía cómoda con aquella relación sin ataduras, pero de pronto había descubierto que Gary estaba buscando algo que ella no quería.

Era consciente de que lo había desilusionado, pero al menos Gary parecía haber aceptado y apreciado su sinceridad.

—De todas formas me gusta más Evan —dijo Sally solemne. Asintió, tal como había visto hacer a su abuela, y los lazos rosas de sus coletas se mecieron—. Ahora lo traerás a comer, ¿verdad?

—No lo sé, cariño.

—Lo haré yo —contestó su madre con una confiada sonrisa—. Una madre siempre sabe de estas cosas y a mí me parece que Evan es el hombre ideal para Mary Jo.

Evan estaba en el despacho el lunes por la mañana cuando llegó Mary Jo. La joven preparó rápidamente una cafetera y le llevó una taza en cuanto salió el café.

Aunque estaba hablando por teléfono, Evan alzó la mirada al verla entrar en el despacho y le sonrió agradecido cuando aceptó el café. Mary Jo salió de su despacho sorprendida y ligeramente asustada por lo mucho que la afectaban sus sonrisas.

Lo que más miedo le daba era saber que, cuanto más tiempo estuvieran trabajando juntos, más difícil le resultaría mantenerse en guardia. Sin ser consciente de ello, podría llegar a revelarle a Evan sus verdaderos sentimientos.

El teléfono sonó en aquel momento y Mary Jo lo descolgó rápidamente. Le gustaba trabajar como secretaria de Evan. Poco a poco, parecían haber ido resolviendo sus diferencias, al menos en el trabajo.

—Mary Jo —dijo Jessica Dryden al otro lado de la línea.

Mary Jo se tensó, temiendo que Evan pudiera oír aquella llamada personal. No quería poner en peligro las mejoras que se habían dado en su relación. La puerta del despacho estaba abierta y Evan podía verla claramente desde su mesa.

—¿Puedo ayudarla en algo? —contestó, adoptando su tono más profesional.

Jessica vaciló un instante ante la frialdad de su tono.

—Soy yo, Jessica.

—Sí, ya lo sé.

Jessica soltó una carcajada.

—Ahora lo entiendo. Supongo que Evan te está oyendo.

—Correcto —Mary Jo tuvo problemas para disimular una sonrisa.

Bastaría que Evan la mirara para que se diera cuenta de que no estaba hablando con un cliente.

—Damian me ha contado que ahora estás trabajando para Evan. ¿Qué ha pasado? —Jessica había convertido la voz en un susurro, como si también ella temiera que Evan pudiera oírla.

Mary Jo midió cuidadosamente sus palabras.

—Me temo que es un caso de chantaje.

—¿Chantaje? —repitió Jessica, y estalló en carcajadas—. Esto es digno de ser oído.

¿Se está comportando como un auténtico negrero?

—No, no exactamente.

—¿Podríamos comer juntas un día de estos?

—Podríamos concertar una cita para un día de esta semana. ¿Cuándo le vendría bien?

—¿Qué te parece mañana a las doce? Hay un restaurante italiano en los bajos del edificio Wellman. La comida es magnífica y los propietarios son como de la familia.

—Me parece bien.

Evan apareció en aquel momento en el marco de la puerta. La miró atentamente. Mary Jo tragó saliva ante la evidente censura que reflejaba su expresión.

—Quizá podamos confirmar los detalles más tarde.

Jessica volvió a reír.

—A juzgar por tu tono de voz, Evan está ahora mismo delante de ti y se ha dado cuenta de que ésta no es una llamada de trabajo.

—Creo que tiene razón —contestó Mary Jo muy tensa.

Jessica parecía absolutamente encantada.

—Estoy deseando que me cuentes todo lo que ha pasado. Te veré mañana. Ah, y Mary Jo...

—¿Sí? —la urgió, deseosa de colgar ya el teléfono.

—¿Has vuelto a pensar en lo que te dije? ¿En la posibilidad de arreglar las cosas con Evan?

—Sí, estoy pensando en ello.

—Magnífico. Entonces, te veré mañana.

Mary yo colgó el auricular y se atrevió a mirar hacia Evan. Éste desvió la mirada y cerró la puerta de su despacho de un portazo, como si estuviera furioso con ella. Peor aún, como si lo hubiera disgustado.

Desconcertada, Mary Jo continuó sentada tras su escritorio, luchando contra una oleada de furia. Evan estaba siendo injusto. Por lo menos, podía haberle dado la oportunidad de explicarse.

La mañana que tan bien había comenzado, con una sonrisa y la vaga sensación de una promesa, rápidamente había dado paso a una rotunda hostilidad. Evan la ignoró durante el resto de la mañana. No volvió a dirigirle la palabra, salvo para hablarle de cuestiones profesionales. E incluso entonces, su voz sonaba fría e impaciente. La brusquedad y la rapidez de sus instrucciones, la falta de contacto visual… todo ello parecía sugerir que apenas podía soportar su presencia.

Sin una sola palabra de despedida, se marchó a las doce para ir a almorzar y regresó cerca de la una y media, pocos minutos antes de su primera cita de la tarde. Mary

Jo ya había comenzado a preguntarse si pensaría volver en algún momento y estaba preocupada, porque no sabía cómo justificaría su ausencia en el caso de que alguien lo llamara.

La temperatura pareció bajar de forma notable en el instante en el que Evan cruzó la puerta. Mary Jo se tensó mientras se debatía entre enfrentarse a él o no por su actitud.

Evan había cambiado, pensó Mary Jo con fatalismo. No recordaba haberlo visto nunca con tan mal carácter. Se sentía como si estuviera caminando sobre ascuas, temiendo decir o hacer cualquier cosa que pudiera irritarlo todavía más.

La tarde fue aún más triste. A las cinco en punto ya era consciente de que no iba a ser capaz de soportar durante mucho más tiempo aquella condena al silencio. Esperó a que la telefonista conectara el contestador del despacho para ir a hablar con él; de ese modo, tenía la garantía de que no iba a interrumpirlos ninguna llamada.

La oficina estaba en silencio cuando se acercó a su puerta. Presumiblemente, la mayor parte de los trabajadores se había ido ya a su casa. Llamó e inmediatamente pasó al interior. Evan estaba trabajando y no pareció advertir su presencia. Mary Jo permaneció en silencio frente a él hasta que levantó la mirada.

—¿Puedo hablar un momento contigo? —preguntó, permaneciendo muy tensa frente al escritorio.

Advirtió un ligero temblor en su propia voz y gimió para sí. Pretendía parecer fuerte y confiada.

—¿Ha habido algún problema? —preguntó Evan arqueando las cejas como si estuviera sorprendido, y no de forma agradable, por la pregunta.

—Me temo que mi trabajo aquí no está funcionando como debiera.

—¿Ah, no? —volvió a arquear las cejas—. ¿Y podría saber por qué?

Era muy difícil explicarle lo profundamente que la afectaban sus cambios de humor. Una simple sonrisa y estaba radiante, le fruncía el ceño y se hundía en la desesperación.

—Es sólo que… no funciona —fue todo lo que pudo decir.

—¿Soy demasiado exigente?

—No —admitió a regañadientes.

—¿Pido cosas poco razonables?

Mary Jo bajó la mirada y negó con la cabeza.

—¿Entonces qué es? —quiso saber Evan.

Mary Jo apretó los dientes.

—Quiero que sepas que jamás he hecho una llamada personal desde la oficina en horas de trabajo.

—Es cierto, pero las has recibido.

—Te prometí que Gary no volvería a llamarme.

—Pero lo ha hecho —replicó Evan suavemente.

—Por supuesto que no —respondió Mary Jo indignada.

—Mary Jo —insistió Evan con exagerada paciencia, como si le estuviera hablando a una niña—, yo mismo te he oído concertar una cita para un almuerzo.

—Estaba hablando con Jessica. Damian le comentó que podía localizarme en el despacho y ha llamado para sugerir que quedáramos para comer.

—Jessica —musitó Evan, y se quedó extrañamente callado.

—Creo que sería mejor que buscara trabajo en cualquier otra parte —concluyó Mary Jo—. Naturalmente, estaré encantada de ayudar a la persona que me sustituya —se volvió bruscamente, dispuesta a marcharse.

—Mary Jo —Evan suspiró pesadamente—. Escucha, tienes razón. Me he comportado como un canalla durante todo el día. Te pido que me perdones. Tu vida personal y las llamadas que recibas no son asunto mío. Te prometo que esto no volverá a pasar.

Mary Jo se detuvo, sin saber qué pensar. Desde luego, lo último que esperaba era que se disculpara con ella.

—Quiero que te quedes —añadió Evan—. Estás haciendo un trabajo excelente y he sido injusto contigo. ¿Te quedarás?

Mary Jo debería negarse, salir de allí mientras tuviera una excusa para hacerlo. Marcharse sin arrepentimientos. Pero no podía. Sencillamente, no podía.

Le ofreció una temblorosa sonrisa y asintió.

—¿Sabes? En el fondo no eres un jefe tan cascarrabias.

—¿Ah, no? —parecía absolutamente divertido—. Esto merece una celebración, ¿no te parece? ¿Todavía te gusta navegar tanto como antes?

Mary Jo no había vuelto a navegar desde la última vez que habían salido en su velero.

—Creo que sí —musitó.

La cabeza le daba vueltas ante aquel repentino cambio de los acontecimientos.

—Magnífico. Vete a casa, cámbiate de ropa y nos veremos en el muelle dentro de una hora. Sacaré el velero y descubriremos si todavía estás acostumbrada al movimiento del barco.

La posibilidad de pasar unas horas a solas con Evan era demasiado maravillosa como para descartarla. Por su propia cordura, debería habérselo pensado dos veces antes de aceptar la invitación, pero no lo hizo. Fuera cual fuera el precio, estaba dispuesta a pagarlo... más adelante.

—¿Te acuerdas de cuando te enseñé a navegar? —preguntó Evan, sonriendo con la mirada.

Mary Jo fue incapaz de contener una sonrisa. Evan había tenido una paciencia exquisita con ella. Mary Jo procedía de una familia de agua dulce y estaba convencida de que jamás aprendería a navegar.

—Todavía me acuerdo de la primera vez que salimos del muelle conmigo al timón. Embestí a otro velero —le recordó, y ambos rieron a carcajadas.

—¿Entonces vendrás conmigo? —preguntó Evan con una mirada extrañamente intensa.

Mary Jo no se creía capaz de negarle absolutamente nada.

—Sólo si no me pides que saque el velero del muelle.

—Trato hecho.

Una hora antes, Mary Jo pensaba que no sería capaz de soportar un minuto más trabajando con Evan. Y en ese momento ahí estaba, decidida a encontrarse con él una vez terminada la jornada laboral para recibir una clase de navegación.

Fue corriendo a su casa, se quitó la ropa

y no se molestó siquiera en colgarla, como hacía normalmente. No tardó más de unos minutos en ponerse un par de vaqueros, una sudadera y los zapatos. Si se daba tiempo para pensar, temía convencerse de que era preferible quedarse en casa. Y deseaba de tal manera pasar aquellas horas con Evan que casi le dolía.

En aquel momento, se negaba a pensar en cualquier cosa que no fuera la noche que tenía por delante. Durante aquella noche quería olvidarse del dolor, borrar de la memoria la soledad de los tres últimos años.

Vio a Evan esperándola cuando llegó al muelle. El viento se había convertido en una brisa perfecta para navegar; una brisa que arrastraba con ella el olor de la sal y del mar. Aferrada a su bolso, Mary Jo corrió hacia el embarcadero. Evan le tendió la mano como si fuera algo que hicieran todos los días. Y Mary Jo la aceptó sin pensar.

Ambos parecieron darse cuenta en ese mismo instante de lo que habían hecho. Evan se volvió hacia ella con expresión interrogante, como si esperara que apartara bruscamente la mano. Mary Jo lo miró a los ojos y le dirigió una sonrisa radiante.

—He traído algo de comer —dijo Evan—. No sé tú, pero yo estoy muerto de hambre.

Mary Jo estaba a punto de comentarle

algo sobre que no había almorzado como debía cuando se acordó de que había quedado con Catherine Moore para almorzar. Y se preguntó si aquella mujer sería tan elegante como sugería su nombre.

Evan subió a bordo y la ayudó a continuación a pasar a la cubierta. Después bajó a preparar el foque y la vela mayor y cuando volvió a salir, Mary Jo le preguntó:

—¿Quieres que me encargue yo del foque?

Evan pareció sorprendido y complacido por el ofrecimiento.

—Eso fue lo primero que me enseñaste, ¿te acuerdas? Recuerdo perfectamente una larga perorata sobre la importancia del capitán y las responsabilidades de la tripulación. Naturalmente, tú eras el distinguido capitán y yo pertenecía a la humilde tripulación.

Evan soltó una carcajada. El sonido de su risa pareció flotar hacia al mar, arrastrado por la brisa.

—Te acuerdas de todo, ¿verdad?

—Como si hubiera ocurrido ayer.

—Entonces, adelante —contestó Evan, señalando hacia el mástil.

Pero en realidad no le dejó todo el trabajo a ella. Ambos avanzaron y ataron el estay al foque del mástil. Trabajaban juntos como si hubieran sido compañeros de tripulación durante años. Cuando terminaron, Evan puso en marcha el motor del reluciente velero para salir del muelle y adentrarse en las aguas abiertas del puerto de Boston.

A pesar de las quejas que había expresado sobre su naturaleza de agua dulce, a Mary Jo la asombraba lo mucho que disfrutaba cuando estaba en el mar. Sus recuerdos más queridos de Evan estaban relacionados con las horas que habían pasado en aquel velero. Había algo intensamente romántico en navegar juntos, en deslizarse por el mar abierto dejando que el viento acariciara sus rostros. Mary Jo siempre atesoraría aquellos momentos pasados junto a Evan.

Una vez estuvieron a salvo fuera del muelle, desplegaron la vela mayor y se deslizaron por aquellas aguas de color verde esmeralda hacia la bahía de Massachussets.

—Así que has estado hablando con Jessica, ¿no? —preguntó Evan fingiendo una naturalidad que no la engañaba.

—Principalmente, he estado trabajando para ti —lo contradijo—. Así que no he tenido mucho tiempo para hacer vida social.

El viento azotaba el pelo de Evan, apartándolo de su rostro, y tenía que entrecerrar los ojos para protegerse del sol. Por la forma en la que apretaba los labios, Mary Jo imaginó que estaba pensando en su cita con Gary de aquel fin de semana. Pero antes de que hubiera encontrado la manera de cambiar de tema, Evan comentó:

—Abajo tengo un recipiente con pollo frito —comentó con una sonrisa—, si tienes hambre... ya sabes.

—¡Pollo frito! —repitió Mary Jo.

No tenía la menor idea de por qué le daba tanta hambre navegar. Y Evan era consciente de su debilidad por el pollo frito.

—¿Preparado con una receta especial que contiene al menos nueve hierbas y especias? ¿Además de colesterol y patatas fritas?

Evan arqueó las cejas y esbozó una sonrisa traviesa.

—Recordé que había una cierta forma de cocinar el pollo a la que le tenías un cariño particular. Además he traído una botella de Chardonnay para acompañarlo.

Mary no necesitó una segunda invitación para bajar a la sentina. Buscó dos platos, la botella de vino y un par de copas y lo subió todo a cubierta con mucho cuidado.

Sentada al lado de Evan, con el plato en precario equilibrio sobre las rodillas, dio cuenta de su cena disfrutando de cada bocado. Y debió de comer con más entusiasmo del que era consciente, porque de pronto descubrió a Evan mirándola con atención. Mary Jo le devolvió la mirada cuando estaba a punto de darle un mordisco a un muslo de pollo.

—¿Ocurre algo?

Evan sonrió.

—Nada. Me gusta ver a una mujer que disfruta comiendo, eso es todo.

—Para tu información, hoy he tenido que saltarme el almuerzo.

Por supuesto, no iba a decirle que era porque cada vez que se lo imaginaba comiendo con Catherine Moore perdía el apetito.

—Espero que tu jefe sepa valorar tu dedicación.

—Sí, yo también lo espero.

Cuando terminaron de cenar, Mary Jo bajó los platos a la sentina y lo dejó todo perfectamente recogido.

Regresó para sentarse con Evan, terminaron el vino y después Evan le permitió hacerse cargo del timón. Y antes de que hubiera sido consciente de lo que estaba pasando, Mary Jo se encontró rodeada por los brazos de Evan. Allí permaneció, sin respirar apenas. A los pocos segundos, se permitió inclinarse contra él. De pronto, fue como si aquellos tres dolorosos años hubieran sido olvidados y ambos volvieran a estar tan enamorados que no eran capaces de ver nada más allá de las estrellas que brillaban en sus ojos.

Aquellos habían sido los días de la inocencia para Mary Jo; el verano en el que realmente había llegado a creer que la hija de un electricista podría encajar en el mundo de un hombre rico e influyente como Evan Dryden.

Si cerraba los ojos, casi podía olvidar todo lo que había sucedido desde...

El viento arreció y el agua salpicó sobre cubierta.

Mary Jo comprendió con un intenso pesar que había llegado la hora de regresar al muelle. Evan pareció experimentar la misma necesidad no deseada de regresar a tierra... y a la realidad.

Ambos permanecieron en silencio mientras atracaban. Trabajando juntos, doblaron y recogieron las velas.

Una vez estuvo todo perfectamente cerrado, Evan caminó junto a Mary Jo hasta el aparcamiento tenuemente iluminado de la zona. Mary Jo permanecía frente a la puerta del conductor de su turismo sin muchas ganas de irse.

—Han sido unas horas maravillosas —susurró—. Gracias.

—Yo también he disfrutado. Demasiado quizá.

Mary Jo comprendía lo que le estaba diciendo; ella sentía lo mismo que él. Habría sido fácil olvidar el pasado y retomar su relación allí donde la habían dejado. No necesitaría que la alentaran demasiado para encontrarse de nuevo entre sus brazos.

Durante los pocos segundos que Evan la había sostenido entre sus brazos cuando estaban en el velero, había experimentado una maravillosa sensación de calor y plenitud. De felicidad.

Pero la tristeza volvía a envolverla en aquel momento; y su peso le resultaba prácticamente insoportable.

—Gracias otra vez.

Se volvió y, con dedos temblorosos, insertó la llave en la cerradura del coche. Quería que Evan se marchara antes de que ella terminara haciendo algo ridículo, como derrumbarse en sus brazos.

—¿Te gustaría navegar conmigo de vez en cuando? —preguntó Evan.

Mary Jo habría jurado que su tono era vacilante, inseguro. Lo cual era absurdo, porque Evan era uno de los hombres más confiados que había conocido nunca.

Mary Jo esperó a que le surgiera espontáneamente alguna excusa. Se le ocurrieron algunas, pero ninguna de ellas le parecía realmente digna de preocupación. Por lo menos aquella noche.

—Me encantaría.

Era extraño estar hablando de espaldas a

él, pero no se atrevía a volverse por miedo a arrojarse a sus brazos.

—Lo haremos pronto —sugirió Evan.

—¿Cuándo?

—El próximo sábado por la tarde.

Mary Jo tragó saliva, intentando acabar con el nudo que tenía en la garganta y asintió.

—¿A qué hora?

—A las doce. Nos veremos aquí y antes de zarpar almorzaremos juntos.

—De acuerdo.

Mary Jo fue consciente de que se estaba alejando de ella por el sonido de sus pasos.

—Evan —lo llamó.

Se volvió hacia él con el corazón latiéndole a toda velocidad en el pecho.

Evan también se volvió y esperó a que hablara.

—¿Estás seguro? —se sentía como si tuviera el corazón colgando en un precario equilibrio.

Las sombras ocultaban el rostro de Evan, pero Mary Jo pudo ver la lenta sonrisa que lo iluminaba.

—Sí, estoy seguro.

A Mary Jo le temblaban violentamente las manos cuando se metió en el coche. Estaba ocurriendo otra vez y ella estaba dejando que ocurriera. Y temblaba de tal manera que no era capaz de abrocharse el cinturón.

¿Qué esperaba demostrar? Ella ya sabía que nada de lo que pudiera hacer la convertiría en la mujer ideal para Evan. A la larga, tendría que volver a enfrentarse a la dolorosa verdad y alejarse de él. Tendría que mirarlo de nuevo a los ojos y decirle que no podía formar parte de su vida.

Aquella noche, Mary Jo no durmió más de quince minutos. Cuando sonó el despertador, los ojos le ardían, le palpitaba la cabeza y se sentía tan inerte como la pasta congelada que tenía desde hacía una semana en el refrigerador.

Se levantó de la cama, se duchó y se puso uno de los trajes que tenía colgados en el armario. Después se tomó un café y dos aspirinas.

Evan ya estaba en el despacho cuando llegó ella.

—Buenos días —la saludó alegremente al verla entrar.

—Buenos días.

—Hace una mañana preciosa, ¿verdad?

Mary Jo no lo había notado. Se sentó rápidamente tras su mesa y fijó la mirada en la pantalla del ordenador.

Evan le llevó una taza de café y Mary Jo lo miró sorprendida.

—Pensaba que se suponía que era yo la

que se encargaba del café.

—Hoy he llegado unos minutos antes —le explicó Evan—. Tómate un café, parece que lo necesitas.

A pesar de su tristeza, Mary Jo reunió fuerzas para sonreír.

—Sí, me temo que sí.

—¿Qué te ocurre? ¿Has pasado una mala noche?

Mary Jo tomó la taza de café con las dos manos.

—Algo así —jamás le confesaría que era él el motivo por el que no había dormido—. Dame unos minutos y estaré bien.

Sólo unos minutos para reunir el valor que necesitaba para decirle que tenía otros planes para el sábado y no iba a poder quedar con él. Unos minutos para controlar su lacerante desilusión. Unos minutos para recordarse que podía sobrevivir sin él. Los tres años anteriores se lo habían demostrado.

—Si puedo hacer algo por ti, avísame.

Mary Jo estuvo a punto de sugerirle que le preparara una cita con el psiquiatra, pero cambió de opinión. Evan pensaría que estaba bromeando. Sin embargo, Mary Jo no estaba tan segura de que fuera una broma. ¿Quién si no podría ayudarla a superar aquella clase de tortura?

—Ya he revisado el correo —anunció Evan—. Tenemos algo de Adison Investments.

Aquella información la despejó por completo.

—¿Y qué dicen?

—Todavía no lo he leído, pero en cuanto lo haga te lo diré. Espero que mi carta haya convencido a Adison y nos devuelva el dinero.

—Eso es lo que esperas, no lo que supones que hará.

Evan la miró muy serio.

—Sí.

Regresó a su despacho, pero volvió casi inmediatamente a su lado. Sacudiendo la cabeza, le tendió a Mary Jo la breve carta que les habían mandado. Mary Jo leyó los dos párrafos y experimentó un deprimente desánimo. No podía menos que quitarse el sombrero delante de Bill Adison. Tenía que ser un hombre amable, creíble. De otro modo, su padre nunca habría confiado en él. Adison reiteraba que su padre había firmado un contrato y que la inversión inicial no le sería devuelta hasta que se hubieran cumplido todos los términos de su acuerdo. No parecía importar el que él no hubiera cumplido su parte del trato.

—¿Quieres que concierte una cita con mis padres? —le preguntó a Evan, sabiendo que éste querría hablar del contenido de la carta con ellos.

Evan estuvo considerando aquella posibilidad durante algunos segundos.

—No, creo que lo mejor será que me pase por su casa y se lo explique yo mismo. De esa forma será menos formal.

—Estupendo —respondió Mary Jo, deseando que no sugiriera pasarse el domingo por allí.

Si decidía pasarse por casa de sus padres el domingo a la hora de la comida, estaba convencida de que algún miembro de su familia se aseguraría de contarle que había roto con Gary. Y seguro que su sobrina Sally le soltaba que ya podía casarse con ella.

—Me gustaría hablar con ellos hoy, o mañana como muy tarde —Mary Jo asintió, intentando disimular su profundo alivio—. ¿Por qué no nos acercamos a su casa después del trabajo?

A Mary Jo no le pasó por alto el uso del plural.

—Los llamaré para decírselo —contestó.

Pensó en pasar algún tiempo con ellos y después inventar alguna excusa creíble para poder marcharse. Como una cita previa. O una sesión urgente en la manicura. Podría romperse una uña y...

Pero no, estaba siendo ridícula. Ella tenía

que estar ahí. Se lo debía a sus padres. Y, al fin y al cabo, aquélla no era una visita social. Ni una cita. No tenía nada que temer.

Acababa de llegar a esa conclusión cuando Evan le pidió que pasara a su despacho.

—¿Te encuentras mejor? —le preguntó, y cerró la puerta tras ella.

—Un poco —consiguió contestar con una trémula sonrisa.

Evan se quedó mirándola fijamente durante un incómodo momento. Mary Jo habría querido dar media vuelta en ese mismo instante y marcharse, pero Evan le bloqueó el paso.

—Sé de algo que podría ayudarte —dijo Evan al cabo de unos segundos.

Pensando que iba a sugerirle que tomara una aspirina, Mary Jo abrió la boca para decirle que ya había tomado una. Pero antes de que pudiera pronunciar palabra, Evan le quitó el bolígrafo y la libreta de la mano y los dejó sobre su mesa.

—¿Qué estás haciendo? —preguntó Mary Jo, frunciendo el ceño confundida.

Evan esbozó una sonrisa traviesa.

—Mary Jo, estoy a punto de besarte hasta dejarte sin sentido.

Capítulo seis

—¿**V**AS a besarme? —el corazón de Mary Jo latía violentamente en su pecho cuando Evan la arrastró hasta sus brazos.

Sentía el calor de su respiración en el rostro y una sensación deliciosa se extendía por su cuerpo. Suspiró y cerró los ojos.

Evan posó sus labios sobre los suyos y para Mary Jo fue algo tan extraordinariamente natural, tan familiar, tan bueno, que no pudo menos que emocionarse .

Evan volvió a besarla y las lágrimas anegaron los ojos de Mary Jo. Evan la envolvió con fuerza entre sus brazos y tomó aire varias veces.

—Desde ayer por la noche estoy deseando hacer esto —susurró.

Mary Jo también habría querido que la besara entonces pero, paradójicamente, se alegraba de que no lo hubiera hecho. Se le ocurrió pensar de pronto que retrasar aquel momento podía haber sido un error. Ambos habían pensado ya en ello, habían anticipado cómo sería volver a estar en brazos el uno del otro. Y después de aquella intensa especulación, el beso podía decepcionarlos a ambos.

Pero no fue así.

Sin embargo, para Mary Jo fue un alivio que sonara el teléfono en aquel momento. Evan maldijo para sí.

—Necesitamos hablar de esto —musitó, sin dejar de abrazarla.

El teléfono sonó por segunda vez.

—Ya hablaremos después —le prometió Mary Jo rápidamente.

Evan la soltó y Mary Jo corrió a contestar. Afortunadamente, era una llamada para Evan. Mary Jo agradeció que no fuera Jessica, o su madre. O Gary.

Mary Jo salió del despacho y se sentó lentamente en su silla. Cerró los ojos e intentó encontrar sentido a lo que había pasado.

Evan no tardó en volver y se sentó en el borde de su mesa.

—De acuerdo —dijo, con la mirada brillante y feliz como la de un escolar durante el primer día de las vacaciones—. Vamos a aclarar esto de una vez por todas.

—¿A aclararlo?

—No sé lo que pasó entre tú y el hombre del que te enamoraste hace tres años, pero al parecer la cosa no funcionó, lo cual para mí es maravilloso.

—¡Evan, por favor! —Mary Jo miró desesperada a su alrededor—. No es el momento ni el lugar—estaba temblando por dentro.

Tenía el estómago hecho un nudo y el pecho le dolía por el esfuerzo que estaba haciendo para contener sus emociones. Con el tiempo, terminaría confesándole a Evan que nunca había habido otro hombre, pero de momento, no estaba preparada para admitir aquella mentira. Ni para hablarle de las razones por las que se la había dicho.

—Tienes razón —Evan parecía reticente, como si quisiera arreglarlo todo entre ellos en ese mismo instante—. Éste no es el lugar adecuado, necesitamos hablar libremente —miró el reloj y tensó los labios—. Esta mañana tengo que ir a los juzgados.

—Sí, lo sé.

Agradeció, patéticamente casi, el que Evan tuviera que estar fuera del despacho durante aquellas horas. Necesitaba tiempo para pensar. Pero ya había tomado una decisión: no quería volver a mentir. Ya era una mujer adulta, más madura, y reconocía que, por doloroso que fuera, la madre de Evan tenía razón. Mary Jo no podía hacer nada para apoyar la carrera de Evan.

Pero no iba a salir huyendo, y tampoco iba a esconderse como había hecho tres años atrás. Pero no podía soportar la idea de poner a Evan en contra de sus padres. Los Dryden eran una familia unida, como la suya. No, tenía que buscar otra manera de hacerlo, alguna otra forma de convencerlo de que su relación no podía funcionar. Pero de momento no tenía la menor idea de cuál podría ser aquella forma.

Apartó aquellos pensamientos hasta el último rincón de su mente y se dispuso a trabajar. Buscó el correo y rápidamente se concentró en su trabajo. De hecho, llegó cinco minutos tarde a su cita con Jessica.

Su amiga estaba esperándola en el restaurante italiano, sentada a la mesa. Una mujer con aspecto de abuela sostenía a Andy en brazos y le estaba dando un colín para entretenerlo.

—Nonna, ésta es mi amiga Mary Jo —la presentó Jessica cuando se acercó a la mesa.

—Hola —musitó Mary Jo, sacando una de las sillas de la mesa.

—Dejadme que yo me encargue del almuerzo —insistió Nonna. Le devolvió el niño a su madre, que lo sentó en una silla alta, a su lado.

Jessica le dio después otro bastón de pan que el niño aceptó encantado. Pero al parecer, Andy no comprendía que el pan había que comérselo. Parecía pensar que era un juguete que blandía alegremente por encima de su cabeza. Mary Jo se descubrió a sí misma riéndose de sus gracias.

La mujer mayor regresó con dos enormes cuencos de sopa minestrone y un cesto de pan recién hecho.

—Ahora a comer —les ordenó mientras esperaba a que probaran la deliciosa sopa—. Disfrutad primero de la comida, ya tendréis tiempo para hablar después.

—Sería imposible no disfrutar de la comida —le dijo Jessica a Nonna.

Ésta sonrió con orgullo.

—Nonna tiene razón, por supuesto —comentó Jessica cuando Nonna se marchó—, pero tenemos menos de una hora y me muero de ganas de oír lo que ha pasado entre Evan y tú.

—No gran cosa.

Una respuesta que no se alejaba de la verdad. De momento.

Mary Jo le contó cómo la había coaccionado para que trabajara para él. Esperaba encontrar alguna compasión por parte de su amiga pero, en cambio, Jessica parecía absolutamente encantada.

—Damian me comentó que había habido un malentendido por culpa de un fichero. Me dijo que Evan sospechaba que estabas trabajando mal intencionadamente y que cuando apareció, Evan se quedó destrozado.

—Eso ya está olvidado.

Era la inseguridad del futuro la que se cernía sobre ellos. Y eso era lo que más le preocupaba. Mary Jo sopesó la posibilidad de hablarle a Jessica sobre el beso que habían compartido aquella mañana. Si Jessica no hubiera sido la cuñada de Evan lo habría hecho. Pero le parecía injusto involucrar a su familia en todo aquello.

Jessica hundió la cuchara en la sopa.

—Ya te conté la última vez que nos vimos que Evan y yo llegamos a ser grandes amigos cuando estuve trabajando para la firma. Lo que no te comenté fue lo mucho que hablaba de ti. Estaba realmente enamorado de ti, Mary Jo.

Mary Jo bajó la mirada, sintiéndose realmente incómoda.

—No digo esto para que te sientas culpable, sino para que sepas que los sentimientos de Evan eran sinceros. Para él no fuiste un capricho pasajero. De alguna manera, creo que todavía no ha superado vuestra ruptura.

Mary Jo estuvo a punto de atragantarse con la sopa.

—Me gustaría que tuvieras razón. Pero ya le he concertado más de seis citas diferentes para comer. Y todos los nombres de esas mujeres están sacados directamente de su agenda de soltero. Todas las invitaciones han ido acompañadas de una docena de rosas.

Hasta entonces, Mary Jo no había sido consciente de hasta qué punto estaba celosa y de lo mucho que sufría mientras Evan comía con sus amigas.

—Aun así no me equivoco —dijo Jessica—. Evan tiene muchas citas, pero nunca hay nada serio.

Mary Jo tomó un pedazo de pan con un enérgico movimiento.

—Pues parece decidido a demostrarme todo lo contrario.

—¿Qué mujeres eran ésas?

Nonna regresó a la mesa con una fuente enorme de verduras, carne y una enorme variedad de quesos. Andy alargó la mano pidiendo una loncha de queso que Jessica le tendió encantada.

—Una de ellas es Catherine Moore.

A los labios de Jessica asomó una sonrisa.

—Catherine tiene cerca de setenta años y es su tía abuela.

Mary Jo alzó la cabeza asombrada.

—¿Su tía abuela? Y qué me dices de... —fue diciéndole todos los nombres de los que se acordaba.

—Todas son parientes suyas —contestó Jessica, sacudiendo la cabeza—. El pobre hombre está desesperado por ponerte celosa.

Mary Jo no tenía intención de admitir hasta qué punto había funcionado su estrategia.

—O eso, o está siendo muy considerado —sugirió bruscamente, sólo para ser justa con Evan. Quería enfadarse con él, pero se descubría cada vez más divertida.

—Confía en mí —añadió Jessica con una enorme sonrisa—. Evan está desesperado. Sale con algunas chicas, es cierto, pero rara vez ve a la misma mujer más de tres veces seguidas. Su madre está comenzando a preguntarse si sentará cabeza alguna vez.

Al oír mencionar a Lois Dryden, Mary Jo bajó la mirada hacia la sopa.

—Tenía entendido que Evan pensaba meterse en el mundo de la política.

—Creo que algún día lo hará —contestó Jessica entusiasmada—. En mi opinión, debería hacerlo. Es un hombre generoso, de gran corazón. Y de verdad desea ayudar a la gente. Y, lo más importante, es la clase de hombre capaz de encontrar soluciones y hacer grandes cambios. Es un gran diplomático, a la gente le gusta. Sabe ganarse a todo el mundo, venga de donde venga. La mejor manera de describirlo es diciendo que es un hombre con carisma.

Mary Jo asintió. Era absolutamente cierto.

—Aunque continúe dedicándose al derecho empresarial —añadió Jessica—, no tengo la sensación de que sea una profesión que realmente lo llene. Deberías haberlo visto defendiendo a Earl Kress. Era una persona completamente diferente. No, no creo que sea feliz en una firma de abogados como ésta.

—¿Y entonces por qué no deja el despacho?

—No lo sé —contestó Jessica pensativa—. Durante algún tiempo, asumí que estaba esperando a cumplir más años, pero dudo que ahora sea ésa la razón. Sé que su familia lo anima, sobre todo su madre. Lois siempre ha creído que su hijo estaba destinado a grandes proyectos.

—Sí, yo también tuve esa impresión.

—Evan y Damian han hablado muchas veces de la posibilidad de que Evan deje el despacho. Damian también lo anima, pero Evan dice que todavía no ha llegado el momento.

Mary Jo sintió que el alma se le caía a los pies. Todo lo que Jessica le estaba diciendo parecía reforzar las preocupaciones de Lois Dryden sobre el papel que la esposa de Evan jugaría en el futuro de su hijo.

—Estás muy pensativa.

Mary Jo forzó una sonrisa.

—Nunca he comprendido lo que Evan pudo encontrar en mí.

—Yo sé exactamente lo que es —respondió Jessica al instante—. Me lo dijo él mismo en más de una ocasión. Me decía que era como si lo conocieras por dentro y por fuera. Al parecer, eras capaz de descubrirle cualquier ardid. Sospecho que eso es algo que tiene que ver con el hecho de que tengas cinco hermanos mayores.

—Probablemente.

—Evan siempre ha sabido encandilar a todos los que lo rodean. Pero contigo ha sido distinto. Tú te reías de él y le decías en más de una ocasión que se ahorrara la saliva, ¿no es cierto?

Mary Jo asintió mientras recordaba el día que se habían conocido. Estaban en la playa y Evan había intentado convencerla con palabras dulces de que quedaran para cenar, pero ella se había negado. No había tardado mucho en comprender que Evan Dryden era una persona que no aceptaba un no por respuesta. Al final, habían llegado a un acuerdo. Habían encendido una hoguera en la playa, habían asado perritos calientes y habían estado hablando hasta después de la media noche.

A partir de entonces, habían comenzado a salir regularmente. Mary Jo sabía que Evan era un hombre rico por los coches que conducía y el dinero que gastaba. Al principio, había pensado que se debía simplemente a que era un abogado bien remunerado. Era tan tonta que ni siquiera había reconocido su apellido.

No se había enterado de la verdad hasta mucho después, cuando estaba completamente enamorada de él. Evan no sólo era rico, sino que procedía de una familia cuya historia se remontaba al Mayflower.

—Eras diferente a todas las mujeres que hasta entonces había conocido —le estaba diciendo Jessica—. Contigo podía ser él mismo. En una ocasión, me dijo que tenía la sensación de que entre vosotros había una conexión casi espiritual. Algo que no esperaba encontrar en nadie.

—¿Evan te contó todo eso? —le preguntó Mary Jo en un susurro.

—Sí, y muchas cosas más —dijo Jessica, inclinándose hacia delante—. Ya ves, Mary Jo, sé lo mucho que Evan te quiso. Lo mucho que todavía te quiere.

Mary Jo estaba a punto de estallar en llanto. Ella también quería a Evan. Quizá todavía hubiera alguna esperanza para ellos. Jessica le había hecho sentir que tenían futuro. Parecía tener mucha fe en que cualquier problema que surgiera entre ellos podría ser resuelto mediante el amor y la comprensión.

Mary Jo regresó al despacho con el corazón lleno de esperanza. No se había equivocado al creer en el amor, no se había equivocado al darle una oportunidad. Habían sido sus inseguridades las que le habían hecho perder tres años preciosos.

Evan regresó a la oficina a las cinco de la tarde. Mary Jo se reprimió las ganas de arrojarse a sus brazos, pero inmediatamente comprendió que algo andaba mal. Evan estaba frunciendo el ceño y no había un solo músculo de su cuerpo que no estuviera en tensión.

—¿Qué ha pasado? —le preguntó Mary Jo, siguiéndolo al interior de su despacho.

—He perdido un juicio —respondió Evan caminando nervioso—. ¿Y sabes una cosa? Soy un mal perdedor.

Mary Jo ya lo había notado, pero Evan había perdido demasiadas pocas veces como para haber aprendido a aceptar la derrota.

—Escucha, Evan, eso es algo que nos puede ocurrir a cualquiera.

—Sí, pero no en este caso. Esta vez teníamos nosotros la razón.

—Unas veces se gana y otras se pierde. Eso está en la naturaleza de tu trabajo.

Evan la fulminó con la mirada y Mary Jo soltó una carcajada. Evan le recordaba a uno de sus hermanos después de los partidos de baloncesto más reñidos del instituto. A Mark, el más pequeño, siempre le habían gustado los deportes y era muy competitivo. No le había quedado otra opción, pues había tenido que competir con sus cuatro hermanos mayores. Y Evan le recordaba en muchos aspectos a Mark.

—Siempre puedo contar contigo para aliviar mi maltratado ego, ¿verdad? —preguntó en un tono más que un poco sarcástico.

—No, siempre puedes contar conmigo para que te diga la verdad —casi siempre, se corrigió para sí con tristeza, recordando la mentira que los había separado.

—Un beso me haría sentirme mejor.

—Desde luego que no —contestó Mary Jo enérgicamente—, pero le resultaba muy difícil negarle algo a Evan—. Por lo menos aquí.

—Tienes razón —admitió Evan a regañadientes—, pero por lo menos déjame abrazarte.

Mary Jo no tuvo posibilidad de negarse; aunque quizá tampoco habría encontrado nunca las fuerzas necesarias para hacerlo.

Evan la abrazó y la estrechó con firmeza contra él, respirando profundamente, como si quisiera sorber toda su esencia.

—No puedo creer que te esté abrazando así.

—Tampoco se lo creería cualquiera que entrara en este momento en el despacho.

Pero la verdad era que no le importaba que los vieran. Enterró el rostro en su cuello y posó la cabeza contra la sólida fuerza de su pecho.

Evan se apartó de ella, enmarcó su rostro entre las manos y la miró intensamente.

—No me importa el pasado, Mary Jo. Ese puente ya lo hemos cruzado. Nada de eso importa. Sólo me importan el aquí y el ahora. ¿Podemos olvidarlo todo y continuar avanzando?

Mary Jo se mordió el labio; su corazón estaba lleno de una renovada confianza. Ya nada podría interponerse entre ellos. Y se lo habría dicho así a Evan, pero no podía hablar, de modo que se limitó a asentir en silencio.

Se descubrió a sí misma siendo estrechada de nuevo entre sus brazos y con tanta fuerza que estuvo a punto de quedarse sin respiración, pero no le importaba. Ni siquiera respirar era necesario cuando Evan la estaba abrazando de aquella manera. Quería reír y llorar al mismo tiempo, echar la cabeza hacia atrás y lanzar el grito de júbilo que en aquel momento llenaba su alma.

—Iremos a casa de tus padres —dijo Evan—, hablaremos con ellos sobre la respuesta de Adison, después te llevaré a cenar y desde allí...

—Un momento —dijo Mary Jo, liberándose de su abrazo y alzando la mano derecha—. ¿Has dicho que me vas a invitar a cenar? ¿De verdad crees que podremos escapar de mi madre sin haber comido algo?

Evan soltó una carcajada y volvió a abrazarla.

—Supongo que no.

Evan, por supuesto, recibió una entusiasta bienvenida por parte de sus padres. Norman Summerhill y él estuvieron hablando de la situación de Adison mientras Mary Jo ayudaba a su madre a preparar una cena sencilla consistente en pollo frito, pasta y ensalada. La cena transcurrió en un ambiente cómodo y desenfadado.

Sin embargo, la cena incluyó mucho más que conversación y comida. Todos los hermanos de Mary Jo jugaban en un equipo de softball y tenían programado un partido para aquella noche. Uno de los miembros del equipo se había lesionado un tobillo al caerse en el trabajo. En el momento en el que estuvo al corriente de la noticia, Evan se ofreció para sustituirlo.

—Evan —le suplicó Mary Jo—, esto no

es como el balonmano, ¿sabes? Esos tipos se toman el deporte muy en serio.

—¿Y crees que el balonmano no es serio? —Evan le dio un beso en la nariz y la dejó con sus padres mientras iba a cambiarse de ropa.

Su madre los observaba desde la cocina y parecía excepcionalmente complacida. Se secó las manos en el delantal.

—Creo que has hecho muy bien al romper con Gary.

—Estoy tan contenta, mamá... —susurró Mary Jo, agarrando un trapo de cocina y comenzando a secar los platos.

—Estás enamorada de él.

Mary Jo comprendió que no era una pregunta.

—Nunca he dejado de quererlo.

Su madre deslizó el brazo por el hombro de su hija.

—Lo supe en el mismo momento en el que os vi juntos otra vez —se interrumpió de repente, como si quisiera pensar detenidamente lo que iba a decir a continuación—. Siempre he sabido que estabas enamorada de Evan. ¿Puedes contarme qué ocurrió? ¿Por qué decidiste romper con él?

—Pensaba que no era la mujer adecuada para él.

—¡Tonterías! Cualquiera que os vea juntos puede darse cuenta de que estáis hechos el uno para el otro. ¿Cómo pudiste pensar una cosa así?

Mary Jo era suficientemente inteligente como para no mencionar a Lois Dryden.

—Es un hombre muy rico, mamá.

—Eso es algo que puedes pasar por alto.

Mary Jo soltó una carcajada. La buena de su madre veía el dinero de Evan como una desventaja y, de alguna manera, lo era.

—Su padre es senador.

—¿Y tú crees que es su dinero el que lo ha llevado hasta allí? —se burló Marianna—. Porque si eso es lo que crees, te equivocas. El padre de Evan ha sido elegido senador porque es un hombre decente que de verdad quiere ayudar a sus conciudadanos.

Su madre siempre había tenido la capacidad de hacer que lo imposible pareciera posible. Y Mary Jo deseó parecerse más a ella.

—Ahora, arréglate —dijo Marianna, quitándose el delantal—, o llegaremos tarde al partido.

Evan ya estaba en el campo, atrapando pelotas, cuando Mary Jo y sus padres llegaron. Y parecía que había formado parte del equipo desde hacía años.

El partido fue emocionante y el resultado impredecible hasta el último momento. Mary

Jo estaba sentada junto a sus padres, un par de cuñadas, sus sobrinos y sobrinas, y gritó hasta quedarse ronca. Su equipo perdió por un tanto, pero todo el mundo se lo estaba tomando con calma, incluyendo a Evan, que había jugado tan duramente como los demás.

Después, el equipo invitó a pizza y a cerveza fría. Mary Jo se reunió con Evan y con sus hermanos mientras sus padres se retiraban a casa, cansados después de tantas emociones.

Evan le pasó un brazo por los hombros y ella lo agarró por la cintura.

—¿Qué os traéis vosotros dos entre manos? —preguntó su hermano Bill cuando se reunieron alrededor de una mesa en la pizzería.

—Sí —quiso saber Rich—, de repente parecéis inseparables. ¿Qué ha pasado aquí?

—Eso, ¿qué ha sido del bueno de Gary? —quiso saber Mark.

Evan miró a Mary Jo y arqueó las cejas.

—¿Qué ha sido de Gary? —repitió.

—No tenéis por qué preocuparos por él —contestó Jack mientras llevaba una jarra de cerveza fría a la mesa—. Mary Jo rompió con él este fin de semana.

—¿De verdad? —preguntó Evan.

—Sí —una vez más, contestó su hermano por ella—, le dijo que iban en direcciones opuestas o algo parecido. Nadie la creyó. Todos nosotros sabíamos la verdadera razón por la que había dejado plantado a Gary.

—¿Os importaría hacer el favor de callar? —les pidió Mary Jo, sintiendo que sus orejas enrojecían por segundos—. Soy capaz de hablar por mí misma, gracias.

Jack sirvió la cerveza y se sentó a la mesa.

—Ya sabéis lo que significa que Mary Jo nos diga que nos callemos. Oh, oh, mirad sus orejas. Vamos a dejar de avergonzarla si no queremos pagarlo más tarde.

Evan estalló en carcajadas y los hermanos de Mary Jo lo miraron con expresión aprobadora. Encajaba en su familia como si hubiera nacido en ella. Ése era su don, comprendió Mary Jo. Era capaz de sentirse absolutamente cómodo entre sus hermanos, o con un grupo de gobernantes, o entre abogados, o rodeado de miembros de la alta sociedad. Podía beber cerveza y disfrutar de ella tanto como del más caro champán. Y lo mismo le daba comer pizza que langosta.

Pero Mary Jo se sentía definitivamente más cómoda con la pizza y la cerveza que con el champán y la langosta. Horas antes se sentía infinitamente confiada. Pero en aquel momento, y por primera vez durante la velada, su confianza comenzaba a resquebrajarse.

Evan pareció notarlo, aunque no dijo nada hasta tiempo después, cuando se quedaron a solas mientras la llevaba en coche hasta su casa. Con pocas ganas de poner fin a la velada, Mary Jo iba con la mirada perdida en las luces de los coches con los que se cruzaban. No pudo reprimir un suspiro.

Evan la miró de reojo.

—Tu familia es maravillosa —le dijo Evan, intentando entablar conversación—. Te envidio por haber nacido en una familia tan numerosa y unida.

—Tú también estás muy unido a tu hermano.

—Es cierto. Sobre todo ahora que somos mayores —buscó su mano y se la estrechó—. ¿Hay algo que te preocupe?

Mary Jo fijó la mirada en la ventanilla.

—Tú te sientes muy cómodo en mi mundo, Evan, pero yo no me siento cómoda en el tuyo.

—¿Mundo? ¿De qué estás hablando? Por si no lo has notado, los dos estamos aquí, en el mismo planeta.

Mary Jo sonrió, sabiendo que Evan estaba intentando aliviar sus preocupaciones.

—Si hubiéramos estado con tu familia, ¿de verdad crees que habríamos comido pizza y bebido cerveza? Es más probable que hubiéramos tomado algún vino francés, baguettes y queso Brie.

—¿Y? ¿No te gustan el Brie y las baguettes?

—Sí, pero... —se interrumpió. No sabía si tenía sentido discutir. Evan no comprendía sus preocupaciones porque no podía compartirlas—. Somos diferentes, Evan.

—Gracias a Dios. Odiaría sentirme atraído por alguien idéntico a mí.

—Yo soy la hija de un electricista.

—De un electricista encantador, debería añadir.

—Evan... —gimió Mary Jo—, estoy hablando en serio.

—Yo también estoy hablando en serio. Y te daría miedo saber hasta qué punto.

Salió de la autovía y se dirigió hacia la calle en la que estaba el dúplex de Mary Jo. Mientras aparcaba, le pidió:

—Invítame a un café.

—¿De verdad quieres un café?

—No.

—Me lo imaginaba —contestó, sonriendo para sí.

—Quiero besarte, Mary Jo, y, francamente, ya soy un poco viejo para hacerlo en mi coche. Así que ahora, o me invitas a tu casa, o pagarás las consecuencias.

Mary Jo no necesitó una segunda invitación. Evan la ayudó a salir del coche y la agarró del brazo mientras caminaban hacia la puerta. Una vez allí, la abrió, pero no encendió las luces cuando entraron. En el momento en el que la puerta se cerró tras ellos, Evan la hizo volverse en sus brazos y la presionó contra la puerta.

A Mary Jo le temblaban los labios mientras Evan devoraba su boca. Era una caricia, más que un beso, y ella gimió, queriendo, necesitando mucho más.

Evan curvó la mano sobre su cuello y acarició su pelo. Apartó ligeramente su boca de la suya, como si esperara que protestara por su beso. Pero, en cambio, Mary Jo alzó la cabeza para encontrarse de nuevo con sus labios.

Gimiendo, Evan la besó con una pasión que la dejó sin respiración y estuvo a punto de doblarle las rodillas.

Mary Jo le rodeó el cuello con los brazos y se puso de puntillas mientras Evan devoraba hambriento su boca. Intercambiaron una serie de besos largos y apasionados y al final Evan enterró la cabeza en su cuello y se estremeció.

Mary Jo estaba convencida de que si no la hubiera sujetado, se habría deslizado hasta el suelo.

—Será mejor que nos detengamos ahora que todavía tenemos fuerzas —susurró Evan.

Hablaba como si estuviera haciéndolo para sí mismo más que para ella. Tenía la respiración entrecortada e irregular. Se separó de ella y en el oscuro silencio de su habitación, iluminada solamente por el resplandor de las farolas de la calle, Mary Jo lo vio pasarse las manos por el pelo.

—Iré a preparar un café —dijo con voz decidida.

Ambos pestañearon cuando encendió la luz.

—La verdad es que no necesito tomar un café —dijo Evan.

—Lo sé. Yo tampoco, pero es una buena excusa para que te quedes.

Evan la siguió a la cocina y sacó una silla. Se sentó, alargó el brazo hacia ella y le rodeó la cintura para que se sentara en su regazo.

—Tenemos que compensar todo el tiempo que hemos pasado separados.

Sin saber qué responder, Mary Jo apoyó las manos en sus hombros. Era tan fácil dejarse atrapar otra vez en la intensidad de su atracción y en aquel renovado amor... Pero a pesar de su anterior optimismo, no podía permitirse el lujo de ignorar la verdad. Aunque no sabía cómo podría solucionar aquella situación, si realmente tenía solución.

Evan se levantó poco después, le dio un

beso de buenas noches y le recordó que al día siguiente volverían a estar juntos.

Mary Jo estuvo sentada en la mecedora en medio de la oscuridad durante largo rato, intentando desenredar sus enmarañados pensamientos. Amándolo como lo amaba, lo más tentador era dejar que su corazón fuera allí donde quería. Arrojar la precaución al viento e ignorar todas las preguntas difíciles.

Evan parecía confiar en que su amor era posible. Y también Jessica. Mary Jo deseaba creerlos desesperadamente. Quería ignorar toda posible protesta. Y quería lo que probablemente nunca recibiría: la aprobación de la familia de Evan. No la de Damian y Jessica, ésa ya la tenía, sino la aprobación de sus padres.

A veces no bastaba con amar a alguien. Mary Jo lo había oído muchas veces y empezaba a darse cuenta de hasta qué punto era verdad.

Demasiado cansada para pensar con claridad, se levantó, dejando la mecedora en movimiento, y fue tambaleándose hasta su dormitorio.

El sábado, Mary Jo se encontró con Evan en el club náutico a las doce del medio día. Querían salir a navegar después de un almuerzo sin prisas. Mary Jo había estado esperando aquel momento desde que Evan la había invitado el miércoles.

La recepcionista la acompañó hasta una de las mesas del jardín, donde estaba Evan esperándola. Había un ambiente festivo y veraniego; las mesas con manteles a rayas amarillas y blancas, las sombrillas, el alegre sonido de las conversaciones y la impresionante vista del muelle. Veleros de diferentes colores se recortaban contra el fondo azulado del cielo y el verde resplandeciente del mar.

Evan se levantó cuando la vio acercarse y le sacó una silla.

—Creo que nunca has estado tan hermosa.

Era una frase que había utilizado miles de veces, Mary Jo estaba segura, pero sonaba sincera.

—Seguro que les dices lo mismo a todas las chicas con las que sales —lo regañó suavemente mientras alargaba la mano hacia la carta.

—Pero es cierto —respondió con aire ofendido.

Mary Jo soltó una carcajada y se extendió la servilleta en el regazo.

—Tu problema es que mientes maravillosamente. Mientes de una forma tan convincente que encajarías perfectamente en el mundo de la política.

Estaba bromeando, pero de pronto se dio cuenta de lo grosera que debía de haberle parecido.

—Oh, Evan, lo siento mucho. No sé cómo he podido decir algo tan horrible —Mary Jo estaba desolada. De pronto descubrió que era el tipo de persona que podía ofender a alguien sin ni siquiera ser consciente de ello. El problema era que no era suficientemente circunspecta.

Evan rió y aceptó sus disculpas.

—A mi padre le haría mucha gracia lo que has dicho.

—Prométeme que no se lo dirás.

—Eso depende —contestó Evan, prestando una atención exagerada al menú.

—¿De qué? —quiso saber Mary Jo.

Evan movió expresivamente las cejas.

—De lo que pretendas ofrecerme a cambio de mi silencio.

Mary Jo sonrió y repitió una frase que le había oído en muchas ocasiones a sus hermanos.

—Te perdonaré la vida.

Evan echó la cabeza hacia atrás y soltó una sonora carcajada.

—¿Evan? —preguntó una mujer detrás de

Mary Jo—. Qué agradable sorpresa encontrarte aquí.

—Mamá —Evan se levantó para recibir a Lois Dryden. Le dio un beso en la mejilla—. Te acuerdas de Mary Jo Summerhill, ¿verdad?

Capítulo siete

—POR supuesto que me acuerdo de Mary Jo —contestó Lois Dryden alegremente—. Cuánto me alegro de volver a verte.

Mary Jo pestañeó, preguntándose si aquella era la misma mujer con la que había mantenido aquella triste conversación de corazón a corazón tres años atrás. La mujer que había sugerido que si Mary Jo realmente amaba a Evan, debería cancelar su compromiso, aunque no con esas palabras exactamente. La señora Dryden era demasiado sutil para hacer algo así. Sin embargo, el mensaje había quedado muy claro.

—No sabía que estabais saliendo otra vez —continuó Lois—. Esto si que es... una sorpresa.

Mary Jo advirtió que no decía que fuera una sorpresa agradable. Evidentemente, la madre de Evan era demasiado educada para montar una escena desagradable. Y menos en el club náutico. Pero si hubieran estado en Whispering Willows, la propiedad de los Dryden, se habría desmayado, o habría hecho cualquiera de las cosas que hacían las mujeres ricas para demostrar sorpresa y desagrado. Mary Jo era consciente de que estaba pensando de manera muy cínica, pero no podía evitarlo.

Evan buscó la mano de Mary Jo y la estrechó entre la suya. Sus ojos sonreían cuando la miraba.

—Mary Jo va a trabajar para mí este verano.

—Yo... no lo sabía.

—¿Quieres sentarte con nosotros? —preguntó Evan, pero no dejaba de mirar ni un instante a Mary Jo.

Aunque había formulado la invitación, era evidente que esperaba que su madre no la aceptara. Que quería que la rechazara.

—En otro momento, quizá. Voy a comer con la madre de Jessica. Estamos planeando la fiesta del primer cumpleaños de Andrew y, bueno, ya sabes cómo estamos con nuestro nieto.

Evan se echó a reír.

—Desde luego. Me parece a mí que o Damian o yo deberíamos añadir una nueva rama al árbol de la familia.

Mary Jo sintió que se sonrojaba hasta las orejas. Evan no podía haber sido más explícito. Sólo le había faltado anunciarle que pretendía casarse con ella. Esperó a que su madre hiciera algún comentario.

—Me encantaría, Evan —contestó Lois.

Pero si Evan no detectó el deje de desaprobación de la voz de su madre, a Mary Jo no le pasó desapercibido. Nada había cambiado.

El guión ya estaba escrito.

Lois se excusó y corrió hacia la parte posterior del jardín. El buen humor de Mary Jo estaba por los suelos. Fingió disfrutar del almuerzo y decidió olvidar aquel encuentro. Tenía el corazón preparado para disfrutar de un día entero con Evan. Adoraba navegar tanto como él y, en cuanto estuvieran en la bahía, se olvidaría de lo mucho que a su madre le disgustaba. O al menos, lo intentaría.

Trabajaron juntos para poner el velero en movimiento. Una vez estuvieron izadas las velas, Evan se sentó al lado de Mary Jo. El viento azotaba su pelo, ocultando su rostro, y ella sonreía alegremente mirando hacia el calor y la luz del sol.

Iban navegando a derecha e izquierda, trazando una línea en zig-zag en el agua.

—¿Tienes sed? —le preguntó Evan cuando ya llevaban navegando cerca de una hora.

—Sí, me gustaría tomar un refresco.

—Magnífico. ¿Por qué no bajas a la cocina y me subes uno?

Riendo, Mary Jo le dio un codazo en las

costillas por el ingenio con el que la había engañado para que fuera a buscarle un refresco. Bajó a la cocina y regresó con dos refrescos. Le tendió uno a Evan y se sentó después a su lado.

Evan le pasó el brazo por los hombros y a los pocos segundos, Mary Jo estaba acurrucada contra él, guiando el velero con la ayuda de Evan. Cuando se salió del rumbo y el velero perdió velocidad, Evan posó la mano sobre la suya y, delicadamente, la ayudó a recuperarlo.

A Mary Jo le había resultado muy fácil hablar con Evan desde el momento en el que se habían conocido. Evan era una persona sociable, simpática, de mente abierta e ingeniosa. Pero aquella tarde parecía estar inusitadamente callado. Mary Jo se preguntaba si estaría pensando en el encuentro con su madre.

—Qué tranquilidad, ¿verdad? —comentó Mary Jo al cabo de varios minutos de silencio.

—Creo que alguno de los momentos más profundos de mi vida los he pasado a bordo de este velero. Siempre vengo aquí a encontrar paz y casi siempre lo consigo.

—Te agradezco mucho que me enseñaras a navegar.

—Volví a navegar algunas veces después

de... después de lo que ocurrió hace tres años —tensó ligeramente su abrazo—. Te he echado de menos, Mary Jo —susurró, y le acarició la sien con la barbilla—. El mundo me parecía vacío sin ti.

—A mí también —admitió Mary Jo, recordando la soledad y el vacío de los meses posteriores a su ruptura.

—Earl Kress se pasó por la oficina hace algún tiempo y me enteré de que no estabas casada. No podía quitármelo de la cabeza. Me preguntaba qué habría pasado entre tú y ese profesor del que te enamoraste. Quería ponerme en contacto contigo y preguntártelo. Creo que debí inventar más de cien estrategias buscando la manera de colarme de nuevo en tu vida.

—¿Y... por qué no lo hiciste?

Se sentía cómoda y segura entre sus brazos, no tenía miedo de los problemas que los habían separado. Estaba preparada para enfrentarse al pasado; era el futuro lo que la aterraba.

—Principalmente por orgullo —contestó Evan con voz queda—. Una parte de mí esperaba que a la larga vinieras a buscarme.

Y de alguna manera, lo había hecho. Mary Jo había vuelto de rodillas ante él porque lo necesitaba. Era curioso, no había sido capaz de volver a Evan por sí misma, aunque estuviera locamente enamorada de él, pero lo había hecho por sus padres.

—No me extraña entonces esa mirada de alegría que tenías cuando entré en tu despacho —contestó Mary Jo, disimulando una sonrisa—. Llevabas mucho tiempo esperando ese momento.

—Quería castigarte —le confesó Evan, y Mary Jo percibió el arrepentimiento en su voz—. Quería hacerte sufrir tanto como yo había sufrido. Ésa era la razón por la que insistí en que trabajaras para mí este verano. Ya había contratado a una sustituta para la señora Sterling, pero cuando tuve oportunidad de obligarte a aceptar este puesto, no pude resistirlo.

Aquellas noticias no eran nuevas para Mary Jo. Desde el momento en el que Evan le había ofrecido convertirse en su secretaria, había sabido que ésa era su intención. Quería que se sintiera tan mal como se había sentido él. Y su plan había funcionado durante los primeros días. Mary Jo regresaba a su casa frustrada, mentalmente destrozada y físicamente agotada.

—Una mujer menos fuerte que yo habría renunciado el primer día, cuando me pusiste a reservar mesas y a encargar rosas para tus citas.

—No tenía ningún interés amoroso en

esas citas —admitió Evan—. Soy pariente de todas y cada una de esas mujeres.

—Lo sé —inclinó la cabeza y le dio un beso en la mandíbula.

—¿Cómo es posible que lo sepas?

—Me lo dijo Jessica.

—Bueno, la verdad era que esperaba que te pusieras celosa. Pero me temo que me tomé muchas molestias inútiles si al final no lo conseguí.

—Estaba verde de envidia —podía haberle restado importancia a su reacción, pero no lo hizo—. Cada vez que salías de la oficina para ir a cualquiera de esas citas, me ponía frenética. Por favor Evan, no vuelvas a hacérmelo otra vez.

—No lo haré —le prometió, y Jessica lo sintió sonreír contra su pelo—. Pero tú también encontraste la forma de vengarte algunas veces, echándome a Gary a la cara. Ese hombre me disgustó desde el momento que lo vi. Allí estaba yo, intentando pillarte por sorpresa presentándome en casa de tus padres para comer y apareces de pronto con tu novio, echando todos mis planes por tierra.

—¿No te gustaba Gary?

—Supongo que será un buen tipo, pero no me gustaba que estuviera saliendo con mi chica.

—¡Pero te comportaste como si Gary y tú fuerais viejos amigos! Para mí fue mortificante. Toda mi familia lo encontró divertidísimo. Hablabas más con Gary que conmigo.

—No podía permitir que supieras que estaba celoso, ¿no lo entiendes?

Mary Jo se acurrucó contra él, buscando la seguridad de sus brazos. Sonó sobre sus cabezas el grito de una gaviota y Mary Jo alzó la mirada hacia el brillante cielo azul, deleitándose en la luz del sol, en la brisa y en aquel amor que habían vuelto a descubrir.

—¿Seremos capaces de volver al pasado? —preguntó Evan—. ¿Será posible fingir que estos tres años no han existido y retomar nuestra relación donde la dejamos?

—Yo... no sé —susurró Mary Jo.

Pero no podía evitar que su corazón lo deseara. Cerró los ojos y sintió el viento en la cara. Aquellos años la habían cambiado. La habían convertido en una mujer más confiada, más segura de sí misma, emocionalmente más fuerte. En aquella segunda oportunidad lucharía con fuerza para conservar la felicidad.

Y de una cosa estaba segura: si volvía a salir de la vida de Evan, no lo haría en silencio ni en secreto.

Recordó el dolor de acostumbrarse a vivir sin Evan. El orgullo la había ayudado durante algunos meses. Quizá ella no perteneciera a una familia adinerada de Boston, pero no tenía nada de lo que avergonzarse. Estaba orgullosa de su familia y se negaba a disculparse por el hecho de que fuera una familia de trabajadores.

Pero el orgullo sólo la había acompañado durante algún tiempo y, cuando había comenzado a erosionarse, lo único que le había quedado habían sido sus sueños rotos y una vida que sentía vacía.

Al igual que Evan, se había esforzado en continuar, en arrastrarse de un día hasta el siguiente, pero nunca se sentía plenamente viva. Y no había vuelto a sentirlo hasta hacía unos días, hasta el momento en el que Evan la había tomado entre sus brazos y la había besado. Su amor por él y el arrepentimiento por todo lo que había perdido se habían negado a abandonarla durante aquellos tres años.

—Quiero que nos demos otra oportunidad —murmuró Evan. Había desaparecido de su voz toda diversión—. ¿Y tú?

—Sí, sí —contestó Mary Jo con ardor.

Evan la besó entonces con una pasión y un fervor como nunca había experimentado Mary Jo. Ella le devolvió el beso con la misma pasión. Se aferraron el uno al otro hasta que las velas comenzaron a agitarse en la brisa y Evan tuvo que tomar el timón y reconducir el rumbo del velero.

—Te amo, Mary Jo —dijo Evan—. El cielo sabe lo mucho que he intentado no hacerlo. Yo… llegué a convertirme en un auténtico irresponsable cuando nos separamos. Si no hubiera sido por Damian, no sé lo que habría hecho. Tuvo una paciencia interminable conmigo, incluso cuando yo no era capaz de decirle lo que me ocurría. Mi hermano no es ningún estúpido, claro, sabía que tenía algo que ver contigo. Pero yo no era capaz de hablar sobre ello. El único alivio lo encontraba aquí, navegando.

Mary Jo se volvió, le rodeó la cintura con los brazos y se apoyó contra su pecho como si quisiera absorber su dolor.

—Cuando me dijiste que te habías enamorado de otro hombre, no podía hacer nada, salvo aceptar que lo nuestro había terminado. Me di cuenta en el momento en el que me lo dijiste de lo difícil que era para ti. Amarlo a él mientras estabas comprometida conmigo debió de ser un infierno.

Mary Jo sentía un sollozo atrapado en su garganta. Aquél era el momento de admitir que jamás había habido otro hombre, que todo había sido mentira…

—¿Puedes hablarme de él?

—No —negó con la cabeza con un gesteo categórico.

No podía hablar de ello. Sencillamente, no podía. Continuaría perpetuando aquella mentira. Que el cielo la ayudara, pero decírselo sería traicionar la participación que había tenido su madre en todo aquello. Y no podía hacer una cosa así.

Con la mano libre, Evan la agarró por los hombros y la sostuvo con fuerza.

—En mayor o menor medida, yo decidí que, si no me casaba contigo, no me casaría con nadie —dijo Evan al cabo de unos segundos de silencio—. ¿Me imaginas dentro de veinte años, sentado en una mecedora frente a la chimenea, con un batín y mi perro siempre fiel durmiendo a mis pies?

Aquella imagen era tan ajena a la imagen despreocupada de Evan que ella había tenido durante todos aquellos años que soltó una carcajada.

—¿Tú con batín? Jamás. Ni siquiera creo que tengas uno.

—¿Y me imaginas viviendo solo en una casa enorme con siete dormitorios?

—No, eso tampoco puedo imaginármelo.

—¿Y me imaginas siendo padre?

—Sí, eso me resulta muy fácil —después de haberlo visto con Andrew y con sus sobrinos, sabía que Evan tenia un talento natural para los niños.

—Entonces ya está hecho —contestó Evan

en un tono de extremado alivio.

—¿El qué está hecho? —preguntó Mary Jo, inclinando la cabeza hacia un lado para mirarlo.

Evan miraba fijamente hacia el frente, concentrado en el rumbo del barco.

—Nos vamos a casar. Así que, Mary Jo, prepárate, porque tenemos que recuperar el tiempo perdido.

—Evan...

—Si no recuerdo mal, el día que te regalé la sortija de compromiso, pensamos en formar una familia, ¿te acuerdas? ¿Y te acuerdas de para cuando habíamos planificado el primer embarazo?

Mary Jo apenas pudo asentir. Aquellos eran recuerdos que ella rara vez se había permitido revivir.

—Ambos pensamos que era importante esperar un par de años antes de comenzar a tener hijos. Se suponía que tu tendrías que tener el primer hijo este año. Eh, ¡ya vamos casi con retraso. Así que creo que lo mejor será que disfrutemos de una larga luna de miel.

Mary Jo soltó una carcajada que el viento se llevó en el mismo momento en el que salió de sus labios.

—Una luna de miel de dos o tres meses por lo menos —continuó Evan impertérrito—. Sugiero que vayamos a una isla del Pacífico, pero que no sea demasiado turística. Alquilaremos un bungalow en la playa y pasaremos los días paseando por la arena y las noches haciendo el amor.

Evan estaba yendo demasiado rápido.

—¿Te importaría retroceder algunos pasos? —le pidió Mary Jo—. Creo que me he perdido algo entre el momento en el que estabas imaginándote sentado frente a la chimenea con tu perro fiel y el momento en el que nos convertimos en descendientes de Gauguin y aterrizamos en una playa del Pacífico Sur.

—Primero, lo más importante —la contradijo Evan—. Estamos de acuerdo en que tendremos cuatro hijos, ¿verdad?

—¡Evan! —Mary Jo no pudo evitar una carcajada; se sentía plenamente feliz.

—Esos detalles son importantes y quiero dejarlos claros antes de cambiar de tema. Yo quería tener seis hijos, ¿te acuerdas? Me encantan las familias numerosas. Pero tú sólo querías tener dos. Si haces memoria, recordarás la labia que tuve que desplegar para que llegaras a un compromiso de cuatro. Porque al final estuviste de acuerdo, ¿no te acuerdas?

—De lo que me acuerdo es de que me vi envuelta en una loca conversación y de que continuaste hablando de la mansión que teníamos que construir.

—Ah, sí, la casa. Casi lo había olvidado. Yo quería una casa grande en la que hubiera espacio suficiente para los niños. Con un par de habitaciones para invitados. Y eso, mi preciosísima Mary Jo, no es una mansión.

—Lo es cuando alguien está hablando de una casa con siete dormitorios y seiscientos metros cuadrados.

—Pero —dijo Evan, con los ojos brillantes—, tendrás que tener a alguien que viva en casa y te ayude con los niños, sobre todo cuando sean pequeños. Quiero estar seguro de que tengamos un lugar al que escaparnos y en el que relajarnos al final del día.

—La piscina dentro de casa, el jacuzzi y el gimnasio me parecen lujos excesivos.

Cuando Evan le había hablado por primera vez de los planes que tenía para su futura casa, Mary Jo creía que estaba bromeando, pero pronto se había hecho evidente que estaba hablando completamente en serio. Y también lo estaba haciendo en aquel momento.

—Todavía sigo pensando en construir una casa para nosotros —dijo, buscándola con su intensa mirada—. Te quiero. Te he seguido queriendo durante tres angustiosos años. Quiero que nos casemos pronto. Si por mí fuera, ya tendríamos la licencia de matrimonio.

—Estás loco —pero la suya era una locura maravillosa.

—Me amas.

Las lágrimas brillaron en los ojos de Mary Jo mientras ésta asentía.

—Sí, te amo. Te quiero mucho, Evan —deslizó el brazo por su cuello—. ¿Qué voy a hacer contigo?

—Vas a casarte conmigo y a sacarme de mi tristeza.

Evan lo hacía parecer todo tan fácil que a Mary Jo le habría encantado dejarse arrastrar por aquella marea de entusiasmo, pero no podía estar de acuerdo con él. Todavía no. Y no lo estaría hasta que se hubiera convencido de que aquel matrimonio era lo mejor para los dos.

—Escucha —dijo Evan, como si de pronto se le hubiera ocurrido algo—. Hay un juez en la familia que podría casarnos en cuanto hayamos hecho todos los trámites necesarios. Podemos celebrar una ceremonia secreta en... bueno, creo que en unos tres días.

—Mis padres nos matarían a los dos, Evan. Sé que mi padre jamás nos perdonaría si le quitáramos el placer de acompañarme por el pasillo de la iglesia.

Evan esbozó una mueca.

—Tienes razón. A mi madre le ocurriría lo mismo. Disfruta muchísimo preparando este tipo de acontecimientos sociales. Y ahora que mi padre es senador, está mucho peor. Le encanta organizarlo todo y se encarga de hasta el último detalle —sonrió de pronto, como si se le hubiera ocurrido algo divertido—. Mi padre eligió bien al casarse con ella. Es la esposa perfecta para un político.

Aquellas palabras fueron para Mary Jo como un jarro de agua fría. Le recordaron que ella tendría que asumir muchas responsabilidades en el momento en el que Evan decidiera participar en el mundo de la política.

Con frecuencia, las mujeres de los candidatos eran sometidas a un escrutinio tan exhaustivo como el de los propios candidatos. Y las demandas que se les hacían no eran menores que lo que se les exigía a sus maridos.

—Evan —dijo, mirándolo intensamente—, yo no soy como tu madre.

—¿Y? ¿Qué tiene eso que ver con el hecho de que vayamos a construir una mansión y llenar todos los dormitorios de hijos?

—No quiero ser la mujer de un político.

Evan la miró como si no comprendiera lo que le estaba diciendo.

A Mary Jo no le quedó más remedio que explicárselo.

—Son varias las personas que me han dicho que algún día te dedicarás a la política.

—Algún día, pero no tengo prisa. Mi familia, especialmente mi madre, parece pensar que tengo futuro en ese ámbito, pero no es algo que vaya a ocurrir de inmediato. Cuando llegue el momento, decidiremos los dos juntos. Pero por ahora no es seguro.

Mary Jo no estaba dispuesta a aceptar aquella argumentación.

—Evan, lo que te estoy diciendo en este momento es que yo no soporto esa clase de vida. No estoy hecha para ella. Tu madre disfruta organizando acontecimientos sociales, concediendo entrevistas y llevando ese tipo de vida, pero yo no. Yo me siento incómoda cuando estoy en una habitación llena de desconocidos… a no ser que tengan cinco años.

—De acuerdo —dijo Evan con expresión divertida—. Entonces no me meteré en el mundo de la política. Mi madre ya está suficientemente ocupada con mi padre. Para mí tú eres mucho más importante que cualquier cargo. Además, tengo la sensación de que mi madre terminaría volviéndome loco.

Sus palabras deberían haberla tranquilizado, pero no lo hicieron. Le parecía absurdo hacer depender todo su futuro de una promesa hecha tan a la ligera como aquélla. Su mayor temor era que Evan pudiera cambiar de opinión y terminara arrepintiéndose de haberse casado con ella.

—Ahora vayamos a hablar con tus padres —dijo Evan, aparentemente ajeno al caos emocional de Mary Jo.

—¿Sobre qué?

Evan retrocedió ligeramente y la miró con el ceño fruncido.

—Sobre los arreglos que tenemos que hacer para la boda, ¿sobre qué vamos a hablar con ellos, si no? Mi madre opondrá cierta resistencia, pero creo que lo mejor será una ceremonia íntima a la que sólo invitemos a la familia.

—Oh, Evan, por favor, no me metas prisa —le suplicó Mary Jo—. Ésta es la decisión más importante de nuestras vidas. Los dos tenemos que pensar detenidamente en ello.

Evan la miró con los ojos entrecerrados.

—¿En qué tenemos que pensar? Te quiero y tú me quieres, no creo que haya nada más importante.

Mary Jo deseaba con todas sus fuerzas que tuviera razón.

Mary Jo necesitó más valor para ir a Whispering Willows del que había pensado. Había pasado la mayor parte de la noche debatiéndose entre la alegría más absoluta y la más lamentable desesperación. Y el domingo por la mañana, se despertó pensando que no encontraría las respuestas que necesitaba hasta que hubiera hablado con la madre de Evan.

Y ésa era la razón por la que Mary Jo estaba el domingo, poco antes de las doce, frente a la puerta de la casa de los Dryden. Llamó al timbre con mano temblorosa.

Esperaba que abriera la puerta alguno de los empleados de la casa. Pero fue Lois Dryden la que apareció. Las dos mujeres se miraron fijamente durante algunos segundos.

Mary Jo no tardó en recuperarse lo suficiente, al menos como para hablar.

—Siento molestarla, señora Dryden, pero me gustaría hablar un momento con usted.

—Por supuesto.

La señora Dryden retrocedió para permitirle pasar al interior de su lujosa casa. El suelo del vestíbulo era de mármol pulido. Del techo, de considerable altura, colgaba una lámpara de araña.

—Quizá sea mejor que pasemos al despacho de mi marido —dijo Lois Dryden, instándola a pasar a una habitación forrada en madera oscura que había al final del vestíbulo.

Aquélla era la habitación que Evan había descrito en aquel absurdo escenario en el que se veía a sí mismo con un soltero empedernido sentado frente a la chimenea con la única compañía de su perro.

—¿Quieres tomar algo? ¿Un refresco, un café quizá?

—No, gracias —contestó Mary Jo.

Se sentó en una butaca de cuero verde colocada frente a la chimenea. La señora Dryden tomó asiento en una butaca gemela.

—Soy consciente de que ayer la sorprendió encontrarme con Evan.

—Sí —admitió Lois, con las manos remilgadamente posadas en el regazo—, pero no es asunto mío con quién salga mi hijo o deje de salir.

—Una respuesta muy diplomática por su parte, pero sospecho que preferiría que su hijo no saliera conmigo.

—Mary Jo, por favor. Tengo la sensación de que hace tres años comenzamos con mal pie. La culpa fue completamente mía y no sabes cuántas veces he deseado haber sido más considerada. Tengo la sensación de que te ofendí profundamente y, querida mía, te aseguro que no era ésa mi intención.

—Yo estoy dispuesta a olvidar el pasado —sugirió Mary Jo, consiguiendo esbozar una tímida sonrisa—. Eso ocurrió hace tres años y yo estaba muy impresionada por la posición social de su familia. Si alguien tuvo la culpa de lo que ocurrió, fui yo.

—Eres muy amable, querida —la señora Dryden se relajó en la silla y cruzó recatadamente los tobillos.

—Amo a Evan —dijo Mary Jo, pensando que lo mejor era ser lo más directa posible—. Y él me quiere a mí.

—Y yo me alegro por vosotros.

La voz de Lois Dryden no dejaba traslucir ningún sentimiento. Por el tono de sus palabras, podrían haber estado hablando del tiempo.

—Evan me ha pedido que me case con él —anunció, observando atentamente a la mujer que estaba frente a ella, buscando en su actitud algún signo de desaprobación.

—Me alegro de oírlo —una pequeña y excesivamente fugaz sonrisa acompañó sus palabras—. ¿Habéis puesto ya una fecha para la boda? Espero que seáis conscientes de que hace falta por lo menos un año para organizar una boda. Ese tipo de acontecimientos implican mucho tiempo y una cuidadosa preparación.

—Evan y yo hemos decidido que queremos una ceremonia íntima.

—No —respondió Lois con firmeza—. Eso es imposible.

—¿Por qué? —preguntó Mary Jo, sorprendida por la vehemencia de la madre de Evan.

—Mi marido es senador. El hijo de un hombre de la posición de mi marido no puede esconderse y casarse... en secreto.

Mary Jo no había dicho nada de esconderse ni de que la boda fuera en secreto, pero no quería discutir.

—Procedo de una familia numerosa, señora Dryden, nosotros...

—Sí, erais diez hermanos o algo así, si no recuerdo mal —hizo un gesto con la mano que parecía casi de desprecio.

A Mary Jo se le pusieron los pelos de punta. Aquella mujer hablaba de sus padres como si tuvieran una camada de conejos y no una feliz familia numerosa.

—Lo que quería decir —dijo Mary Jo, controlando su irritación con cierta dificultad—, es que ni mis padres ni yo podemos permitirnos el lujo de celebrar una gran boda.

—Por supuesto —Lois pareció aliviada—. Tampoco nosotros esperamos que tu familia asuma los gastos de un acontecimiento tan complicado. Walter y yo estaremos encantados de hacernos cargo de todo.

—Se lo agradezco mucho, y estoy segura de que mis padres también se lo agradecerían, pero me temo que nunca aceptarían un gesto tan generoso. La tradición dice que es el padre de la novia el que tiene que asumir los gastos y mi padre es un hombre muy tradicional.

—Entiendo —la señora Dryden se mordió el labio inferior—. Pero tiene que haber alguna manera de no herir su orgullo. Los hombres pueden llegar a ser muy quisquillosos con cuestiones de ese tipo —por primera vez, hablaba en un tono realmente amistoso—. Ya se me ocurrirá algo. Déjame pensar.

—Hay algo que no comprende. Nosotros tampoco queremos una boda con demasiada ostentación.

—Pues tendréis que quererla. Ya te he explicado que es algo necesario. No podemos permitirnos el lujo de alimentar el escándalo con una boda secreta. Porque una cosa así podría hacerle daño a mi marido y al futuro político de mi hijo.

—¿Alimentar el escándalo?

—Mi querida niña, no quiero parecer maleducada y, por favor, perdóname si lo que digo te parece digno de una vieja entrometida, pero hay personas que estarían encantadas de poder utilizar cualquier cosa contra Walter.

—Pero yo voy a casarme con Evan, no con Walter.

—Lo sé. Pero tú no pareces comprender que este asunto tiene que ser manejado... con delicadeza. Debemos comenzar a planear la boda inmediatamente. En el momento en el que se anuncie la boda, tu familia y tú os convertiréis en un objetivo más de los medios de comunicación.

A Mary Jo comenzaba a darle vueltas la cabeza.

—Estoy segura de que se equivoca, ¿por qué iba a querer prestar nadie atención a mi familia?

Lois comenzó a retorcerse las manos.

—Supongo que no habrá ningún problema en que lo mencione, aunque tengo que pedirte que por favor no se lo cuentes a nadie. Un viejo amigo de Walter se ha puesto en contacto con él para pedirle que participe en la campaña electoral del año que viene. Le ha pedido que participe en su candidatura y para ello deberá conseguir ser nominado por el partido.

A Mary Jo comenzó a dolerle en ese mismo instante la cabeza.

—De modo que tanto mi marido como

yo debemos evitar cualquier situación que pueda perjudicarlo.

—Podríamos retrasar la boda —en realidad no lo había dicho en serio, pero la madre de Evan pareció profundamente aliviada.

—¿Lo harías? —le preguntó esperanzada.

—Hablaré con Evan.

Al oír mencionar a su hijo, Lois Dryden frunció el ceño.

—¿No debería estar él aquí contigo? Me parece un poco extraño que seas tú la que haya venido a anunciarme vuestro compromiso.

—Quería hablar antes con usted —le explicó Mary Jo.

—Una idea excelente —aseveró Lois Dryden con un firme asentimiento de cabeza—. Los hombres son tan complicados... Si tú y yo podemos llegar a ciertos acuerdos antes de hablar con Evan y con mi marido, estoy convencida de que conseguiremos que las cosas salgan a nuestra entera satisfacción.

—Señora Dryden, soy profesora en un jardín de infancia. Creo que debería saber que me siento incómoda ante la idea de convertirme en objetivo de los medios de comunicación.

—Haré todo lo que pueda para ayudarte, Mary Jo. Soy consciente de que son muchas las cosas a las que vas a tener que enfrentarte en poco tiempo, pero si vas a casarte con mi hijo, tendrás que aprender a tratar con la prensa. Yo te enseñaré a utilizarla en tu provecho y la manera de convertir algo que puede parecer negativo en positivo.

El dolor de cabeza de Mary Jo crecía a un ritmo desenfrenado.

—Creo que no lo he dejado suficientemente claro, señora Dryden. Me siento terriblemente incómoda en ese tipo de situaciones, de modo que me niego a participar en ellas.

—¿Te niegas? —repitió sus palabras como si no estuviera segura de su significado.

—Ya le he explicado cuáles son mis sentimientos hacia Evan —continuó Mary Jo—. Quiero mucho a su hijo —le temblaba la voz y se interrumpió durante unos segundos—. Yo no soy como usted o como su marido, ni siquiera como Evan, por cierto. Y tampoco pretendo serlo. Cuando Evan me pidió que me casara con él, le expliqué todo esto.

Un ceño ensombreció la frente de Lois Dryden.

—No sé si te comprendo.

—A lo mejor no me he explicado correctamente. Lo que quiero decir, básicamente, es que me niego a vivir buscando la aprobación de los demás. Quiero una boda íntima y

Evan está de acuerdo conmigo.

—¿Pero qué me dices del futuro? ¿Qué ocurrirá cuando Evan quiera participar en política? Confía en mí, Mary Jo, la posición de la esposa de un político es tan complicada como la de su marido.

—Estoy segura de que tiene razón, pero yo odiaría el tipo de vida que me ha descrito. Evan lo sabe y me comprende. Y además ha decidido que, mientras yo siga viendo las cosas de ese modo, él no hará carrera política.

La madre de Evan se levantó bruscamente de la silla.

—¡Pero no puedes hacerle una cosa así! La política es el destino de Evan. Desde que estaba en el colegio sus profesores me decían que era un líder natural. Fue representante de los estudiantes en el instituto y en la universidad. Desde sus primeros veinte años en adelante, ha estado preparándose para ello. Yo ya me imagino a mi hijo en la Casa Blanca.

Al parecer, la madre de Evan aspiraba a cotas muy altas para su hijo.

—¿Y es eso lo que quiere Evan?

—Por supuesto que sí —contestó su madre con vehemencia—. Pregúntaselo tú misma. Su padre y su hermano han tenido muchas conversaciones con él al respecto. Si mi hijo se casa con una mujer que no es capaz de apreciar ni su capacidad ni su ambición, terminará destrozando su vida.

Si aquellas palabras las hubiera pronunciado alguien que no fuera Lois Dryden, a Mary Jo le habrían parecido ridículas y melodramáticas. Pero aquella mujer creía lo que estaba diciendo.

—De modo que Evan tiene que casarse con la mujer ideal para los planes de futuro que usted tiene para su hijo, ¿verdad? —preguntó Mary Jo con infinita tristeza.

La señora Dryden la miró sintiéndose decididamente incómoda.

—Sí.

—Yo no soy esa mujer.

La madre de Evan suspiró.

—Lo sé. La cuestión es, ¿qué piensas hacer al respecto?

Capítulo ocho

—YO amo a Evan —insistió Mary Jo otra vez, pero incluso mientras hablaba, se daba cuenta de que con amarlo no bastaba.

Aunque había madurado y dejado de ser la mujer asustadiza y temerosa que había estado allí tres años atrás, en realidad nada había cambiado. Si se casaba con Evan, arruinaría su prometedora carrera. Y aquélla era una carga demasiado pesada para sus hombros.

Mary Jo no podía cambiar lo que era, no podía cambiar quién era ella; y tampoco debería esperar que Evan fuera el único que hiciera concesiones o que renunciara a su futuro.

—Estoy convencida de que quieres a mi hijo —dijo Lois con sinceridad.

—Y él también me quiere —añadió Mary Jo, manteniendo la espalda recta y la cabeza alta. Inclinó la barbilla con orgullo, con un gesto desafiante, negándose a aceptar la derrota—. Conseguiremos salir adelante —dijo con voz confiada—. No hay nada que dos personas que se quieren no puedan resolver. Encontraremos la manera de hacerlo.

—Estoy segura de que lo conseguiréis, querida —pero la tristeza de su sonrisa contradecía sus propias palabras—. En cualquier caso, tienes razón. Deberías hablar de esto con Evan y buscar entre los dos una solución.

La madre de Evan se alisó una arruga inexistente de la falda.

—A pesar de lo que puedas pensar, Mary Jo, personalmente no tengo ninguna objeción que poner a que te cases con mi hijo. Cuando os separasteis años atrás, no pude dejar de preguntarme si vuestra separación habría tenido algo que ver con nuestra conversación. No me importa confesarte que me he arrepentido muchas veces de lo que te dije. No pretendía hacerte daño y, si te lo hice, te suplico que me perdones.

—Desde luego, consiguió abrirme los ojos —admitió Mary Jo.

Y al parecer, la madre de Evan había refinado ese talento durante los últimos años, advirtió en silencio.

—Puede que te parezcan cosas propias de una madre entrometida, pero espero que te tomes en serio nuestra conversación. Confío en que pienses seriamente en todo lo que te he dicho —suspiró—. Yo también quiero a Evan. El cielo me ha bendecido con una familia muy especial y quiero lo mejor para mis hijos. Y estoy segura de que tus padres sentirán lo mismo por ti.

—Sí, es cierto.

La conversación estaba siendo cada vez más insoportable. Mary Jo necesitaba marcharse desesperadamente. Tenía que hablar con Evan y compartir sus preocupaciones sobre su futuro. Pero, en el fondo, comenzaba a comprender la aterradora verdad.

Mary Jo se levantó y le tendió la mano a la señora Dryden.

—Gracias por su sinceridad y por sus opiniones. No era eso lo que quería oír, pero supongo que me hacía falta saberlo. Estoy segura de que esto es muy difícil para usted. Tenemos algo en común, señora Dryden. Las dos queremos a su hijo. Evan no sería el hombre que es si usted no lo hubiera querido y cuidado como lo ha hecho. Tiene derecho a sentirse orgullosa de él.

La madre de Evan tomó la mano de Mary Jo y la sostuvo entre las suyas durante algunos segundos.

—Te agradezco que me lo hayas dicho. Estaremos en contacto, ¿de acuerdo?

Mary Jo asintió.

—Si usted quiere.

La madre de Evan la condujo hasta la puerta de la calle y la acompañó por el camino de la entrada hasta su coche. Mary Jo se montó en el coche y encendió el motor. Mientras se alejaba, miró por el espejo retrovisor y descubrió a Lois Dryden con aspecto pensativo; parecía preocupada.

Normalmente, Mary Jo pasaba los domingos con su familia, pero aquel día no iba a hacerlo. Necesitaba tiempo y soledad para ordenar sus pensamientos, de modo que condujo hasta el muelle. Aparcó el coche y caminó lentamente hasta el agua. El viento del mar era refrescante y llegaba con un penetrante olor a sal. Mary Jo necesitaba pensar, ¿y qué mejor lugar para hacerlo que aquél, donde había pasado incontables horas felices junto a Evan?

No sabía cuánto tiempo estuvo sentada en un banco, contemplando el agua. El tiempo parecía haber dejado de tener importancia. Miró los veleros que se mecían en el muelle y los estrechos pasillos de entre los barcos. El cielo se había nublado, lo que encajaba perfectamente con su estado de ánimo.

Se levantó y caminó hasta el embarcadero repasando mentalmente la conversación con la madre de Evan. Pero aminoró el ritmo de sus pasos cuando se dio cuenta de que por muchas vueltas que le diera a lo ocurrido, no iba a solucionar el problema. Necesitaba hablar con Evan inmediatamente, antes de que empezara a perder la cordura.

Encontró una cabina telefónica, metió una moneda y marcó el número de teléfono de su casa.

—¡Mary Jo! Gracias a Dios. ¿Dónde estabas? —preguntó Evan—. He estado llamando a tu casa cada quince minutos. Tengo noticias maravillosas que darte.

—Yo… he tenido que ir a hacer un recado —contestó, no quería entrar en detalles en aquel momento. Evan parecía absolutamente emocionado—. ¿Qué noticias son ésas?

—Te lo contaré en cuanto te vea.

—¿Quieres que quedemos en alguna parte? —le preguntó Mary Jo.

—¿Qué te parece en el muelle Rowe? Podemos dar un paseo y, si te apetece, acercarnos después al acuario. Y si tenemos hambre, podemos entrar a una marisquería y pescar algo —se interrumpió y se echó a reír ante su malísima broma—. No pretendía hacerme el gracioso.

—Sí, será magnífico —contestó Mary Jo, pero encontraba serias dificultades para parecer entusiasmada.

—¿Mary Jo? —Evan alzó ligeramente la voz—. ¿Te ocurre algo? Pareces triste.

—Tenemos que hablar, Evan.

—De acuerdo —contestó Evan con recelo—. ¿Quieres que vaya a buscarte? —tras la negativa de Mary Jo, añadió—: Nos veremos dentro de media hora, ¿de acuerdo?

—De acuerdo.

Resultaba irónico, pensó Mary Jo, que Evan estuviera tan contento cuando ella se sentía como si todo su mundo se hubiera hecho añicos.

Cuando terminó de hablar con Evan, Mary Jo llamó a su madre para decirle que no iría a comer. Marianna supo inmediatamente que algo iba mal, pero Mary Jo le prometió explicárselo más tarde.

Desde el muelle, condujo por la avenida del Atlántico y no tardó en encontrar un sitio para aparcar. No habían pasado ni veinticuatro horas desde la última vez que había estado con él y ya estaba deseando volver a ver a Evan. Le parecía impensable pasar el resto de su vida sin él.

Evan estaba esperándola en el muelle cuando llegó. Su rostro se iluminó al verla acercarse y le tendió los brazos.

Mary Jo experimentó una sensación de consuelo en el mismo instante en el que sus dedos se rozaron. Un segundo después, estaba envuelta en la seguridad de su abrazo. Evan la estrechaba contra él como si no estuviera dispuesto a permitir que volvieran a separarse nunca. Y Mary Jo deseaba no tener que abandonar nunca el protector refugio de sus brazos.

—Te he echado de menos —susurró Evan contra su sien—. Dios mío, cuánto te he echado de menos —hundió los dedos en el pelo que el viento había despeinado.

—Ayer pasamos casi todo el día juntos —le recordó Mary Jo, aunque compartía sus sentimientos.

De hecho, le había bastado pasar unas horas lejos de Evan para preguntarse cómo habría conseguido vivir durante todos aquellos años sin él. Y cómo iba a conseguir hacerlo de nuevo.

—Te quiero Mary Jo, no lo olvides nunca.

—No lo olvidaré.

Amándolo como lo amaba, sus palabras le producían un inmenso consuelo. Enterró el rostro en su cuello y se aferró a él deseando creer con todas sus fuerzas que todavía había alguna posibilidad de que encontraran juntos la felicidad.

—Ahora dime qué noticia tenías que darme —Evan la liberó de su abrazo, pero la agarró del codo y la sostuvo contra él.

Los ojos le brillaban de emoción.

—Damian y yo tuvimos una larga conversación ayer por la noche —le explicó Evan—. Lo llamé y le hablé de lo nuestro. Está absolutamente encantado, y también Jessica. Por cierto, los dos nos envían su felicitación.

—Agradéceselas de mi parte —contestó Mary Jo suavemente—. Y ahora venga, ¿qué era lo que tenías que decirme? —se reclinó contra él mientras paseaban por el muelle.

—De acuerdo, de acuerdo. Damian se ha puesto en contacto con varias personas clave durante estas últimas semanas. En general, todo el mundo opina que éste es el momento de que haga algún movimiento que me permita meterme en el mundo de la política.

Mary Jo se sintió como si acabaran de pegarle un puñetazo en la boca del estómago. Por un momento, se quedó completamente quieta. No podía respirar. No podía pensar. Apenas era consciente de que Evan continuaba a su lado, hablando.

—¿Ahora? —lo interrumpió—. Pero yo pensaba... tú dijiste...

—Sé que quizá parezca que es demasiado pronto para empezar a hablar de las elecciones del año que viene —continuó diciendo Evan con el semblante iluminado por la emoción—. Pero tenemos muchísimas cosas que hacer. No me presentaré a ningún cargo hasta después del primer año, pero hay un millón de cosas que hacer hasta entonces.

—¿A qué cargo te quieres presentar?

Su mente era un remolino de dudas y preguntas. La sensación de inquietud que se le había instalado en la boca del estómago se negaba a desaparecer. Tenía frío y calor al mismo tiempo.

—Quiero presentarme a concejal. No hay nada que pueda hacerme más ilusión. Y, Mary Jo —añadió con una enorme sonrisa—. Sé que puedo hacer muchas cosas por nuestra ciudad. Tengo muchas ideas, tendré tiempo para llevarlas a cabo y además no me importa trabajar duramente —se llevó la mano de Mary Jo a los labios y le besó los nudillos—. Ésa es una de las razones por la que quería que nos casáramos en cuanto pudiéramos hacer todos los trámites precisos. Trabajaremos juntos, codo con codo, como hicieron mis padres cuando mi padre fue candidato al senado.

—Yo...

—Pero tendrás que renunciar a tu trabajo.

Eran tantas las objeciones que tenía Mary Jo que no sabía cuál formular primero.

—¿Por qué no puedo dar clases?

Evan la miró como si le sorprendiera su pregunta.

—Ya no tendrás que trabajar más y además, te necesitaré a mi lado. ¿No te das cuenta, cariño? Esto es sólo el principio. Nos espera toda una vida por delante.

—¿Has hablado de esto con tus padres?

—Mary Jo dedujo que la señora Dryden ya

debía saberlo.

—He estado hablando con mi padre esta mañana y él está de acuerdo con Damian. Éste es el momento ideal. Naturalmente, le gustaría verme optar a cargos más importantes, y es posible que con el tiempo lo haga, pero todavía no tenemos que adelantar acontecimientos. De hecho, ni siquiera he sido elegido como concejal.

—¿Y qué ha dicho tu madre?

—No sé si mi padre ha tenido tiempo de hablar todavía con ella. ¿Por qué lo preguntas?

—Yo… he estado con ella esta mañana —admitió Mary Jo con la mirada fija en el agua.

Era más seguro mirar hacia las aguas del puerto de Boston que mirar al hombre al que amaba.

—¿Que has pasado la mañana con mi madre? —Evan se interrumpió—. ¿En Whispering Willows?

—Sí.

Evan arqueó las cejas de tal manera que casi rozaron su cuero cabelludo.

—¿Y por qué has ido a ver a mi madre?

Mary Jo tomó una bocanada de aire y la retuvo en los pulmones hasta que comenzó a dolerle el pecho.

—Hay algo que deberías saber, Evan. Algo

que debería haberte dicho hace mucho tiempo.

Vaciló un instante. Le resultaba difícil continuar. Cuando lo hizo, su voz sonaba tensa y grave.

—Cuando rompí nuestro compromiso hace tres años, no fue porque me hubiera enamorado de otro hombre. No había nadie. Todo eso era una enorme mentira.

Lo sintió tensarse. Evan frunció el ceño y la miró con los ojos entrecerrados, primero como si no la comprendiera y después con absoluta incredulidad. Le soltó la mano y Mary Jo avanzó hasta el muelle, esperando que la siguiera.

Evan tardó varios segundos en hacerlo.

—No me enorgullezco de haberte mentido —le dijo—, y te pido disculpas por haber recurrido a métodos tan cobardes. Te merecías algo mejor, pero yo no era suficientemente fuerte ni madura como para decirte la verdad.

—¿Que era...?

Era evidente el esfuerzo que estaba haciendo Evan para mantener un tono frío y desapasionado. Pero tenía los puños apretados. Mary Jo podía sentir su enfado; de hecho, lo había anticipado, y también lo comprendía.

—Fueron varias las razones por las que lo

hice —le confesó—. Me inventé otro amor porque sabía que tú me creerías y de esa forma evitaría las inevitables discusiones. No podría haber soportado una discusión interminable.

—Eso no tiene ningún sentido —parecía enfadado en aquel momento y Mary Jo no podía culparlo—. Será mejor que empieces por el principio —le sugirió en tono decidido—. ¿Sobre qué habríamos tenido que discutir?

—Sobre la conveniencia de casarnos.

—Muy bien —contestó Evan, pero era evidente que todavía no lo comprendía.

—Todo comenzó la noche que me llevaste a conocer a tu familia —empezó a explicarle Mary Jo—. Yo ya sabía que erais una familia rica, por supuesto, pero hasta entonces no me había dado cuenta de lo importante que era. Yo era una joven ingenua y sin experiencia y cuando tu madre me hizo algunas preguntas... me di cuenta de que nuestro matrimonio jamás funcionaría.

—¿Qué clase de preguntas te hizo mi madre? —preguntó Evan con una furia apenas contenida.

—Evan, eso no importa.

—¡Y un infierno que no importa!

Mary Jo cerró los ojos un instante.

—Estuvo haciéndome preguntas sobre

mi familia y sobre mi pasado. Estuvo hablándome de las condiciones que debería reunir la esposa de un político. Y resaltó la importancia de que te casaras con la mujer adecuada.

—Al parecer mi madre y yo tenemos que tener una conversación.

—No te enfades con ella, Evan. Tu madre no fue cruel ni maleducada, simplemente, sacó a relucir unas verdades a las que yo no me había enfrentado. Después de aquello, me di cuenta de que nuestro matrimonio no tendría ningún futuro. Tenemos muy pocas cosas en común. Nuestro pasado es muy diferente y llegué a temer que en algún momento... te arrepintieras de haberte casado conmigo.

Evan chasqueó la lengua disgustado.

—Y entonces te inventaste esa ridícula mentira y saliste de mi vida, dejándome perdido, confundido y tan destrozado que...

Se interrumpió, como si ya hubiera dicho más de lo que pretendía.

—Me comporté como una estúpida, ahora lo sé. Pero yo también sufrí, Evan. No creas que para mí ha sido fácil. Sufrí porque te amaba entonces, y todavía te sigo amando.

Mary Jo dejó escapar un sonoro suspiro.

—Aprecio tu sinceridad, Mary Jo, pero me gustaría que olvidáramos de una vez por todas aquel desastre. Ya no tenemos que preocuparnos por lo ocurrido. Estamos juntos y lo estaremos durante los próximos cincuenta años. Eso es lo único que importa.

Las lágrimas empañaron los ojos de Mary Jo mientras observaba uno de los barcos que viajaban hasta el aeropuerto cruzando el puerto de Boston. Las aguas se agitaban y se removían como sus propios sentimientos.

—Lo que se ha hecho evidente —continuó diciendo Evan—, es que necesitamos tener con la metomentodo de mi madre una conversación sincera.

—Evan, ella no es la única culpable. Lo de romper contigo, lo de mentirte, fue idea mía. Pero esto no va a pasar otra vez.

—No dejaré que salgas de mi vida tan fácilmente una segunda vez.

—Yo no pienso dejarte —susurró Mary Jo.

Evan le pasó el brazo por los hombros y Mary Jo deslizó su brazo por su cintura. Por un instante, pareció bastarles con el simple placer de estar juntos.

—Precisamente, debido a aquel primer encuentro con tu madre, decidí que era importante que volviera a hablar con ella otra vez —dijo Mary Jo, deseando explicarle por qué había ido a ver a la señora Dryden aquella mañana—. Tu madre es una mujer maravillosa, Evan, y te quiere muchísimo.

—Estupendo. Pero me niego a permitir que interfiera en nuestras vidas. Y si no lo ha comprendido hasta ahora, lo hará cuando haya terminado de hablar con ella.

—¡Evan, por favor! Lo único que hizo tu madre fue abrirme los ojos, hacerme comprender cosas que son ciertas.

—¿Y qué es lo que te ha dicho esta mañana?

—Bueno, me ha planteado algunas cosas parecidas a las que me dijo la vez anterior.

—¿Como cuáles? —quiso saber Evan.

—Tú quieres que nos casemos pronto, ¿verdad?

Evan asintió.

—Cuanto antes mejor —inclinó la cabeza y le besó las comisuras de los labios—. Como ya te he dicho en otra ocasión, hemos perdido tres años que tenemos que recuperar. Y no te olvides de esa casa con todos esos dormitorios vacíos.

A pesar del dolor que desgarraba su corazón, Mary Jo sonrió.

—Tu madre me ha dicho que una boda íntima podría suponer un problema para tu padre.

—¿Pero quién se va a casar? —gritó Evan—. Haremos las cosas a nuestra manera, cariño. No te preocupes por eso.

—Podría ser importante, Evan —lo contradijo Mary Jo rápidamente—. Tu padre no puede ser relacionado con nada que pueda ser... malinterpretado.

Evan rió abiertamente.

—En otras palabras, que mi madre prefiere organizar una boda espectacular con miles de invitados. Eso es ridículo.

—Yo creo que tu madre podría tener razón.

—¿Es ésa la clase de boda que quieres? —le preguntó Evan; sus ojos revelaban su incredulidad.

—No. No es eso lo que quiero en absoluto. Pero, por otra parte, tampoco quiero hacerle daño a tu padre.

—Confía en mí, cariño. No le harás ningún daño —la abrazó con cariño—. Y ahora escucha. Tú y yo vamos a casarnos y vamos a celebrar el tipo de boda que más nos guste, y a mi madre no le quedará más remedio que aceptarlo.

—Pero Evan, ¿y qué ocurrirá si por culpa de la boda se desatan los rumores?

—¿Que qué ocurrirá? ¿De verdad crees que me importa? ¿O que le importa a mi padre, por cierto? Mi madre siempre tiende a hacer una montaña de un grano de arena. Le encanta preocuparse. En estos tiempos y a su edad, es ridículo preocuparse por ese tipo de cosas.

—Pero…

Evan la silenció con un beso suficientemente esmerado como para convencerla de que cualquier cosa era posible.

—Te quiero, Mary Jo. Si por mí fuera, agarraríamos el siguiente avión que saliera a Las Vegas y nos casaríamos esta misma noche.

—Pero la gente podría hablar —consiguió sacar a relucir un último argumento.

—Estupendo. Cuanto más se hable de mí, mejor.

El ánimo de Mary Jo se había elevado considerablemente. Estaba tan desesperada por creer en él que no se detuvo a cuestionar lo que le estaba diciendo.

—Entonces ya está todo aclarado. Nos casaremos en cuanto hayamos hecho los trámites pertinentes. Mi madre puede montar todo el alboroto que quiera, pero no le va a servir de nada.

—Yo… Hay algunas otras cosas de las que me gustaría hablar antes.

—¿Ah, sí? —Evan comenzaba a exasperarse.

Mary Jo se reclinó contra uno de los pilares del embarcadero retorciéndose nerviosa las manos.

—Te hace mucha ilusión llegar a ser concejal de la ciudad, ¿verdad?

—Sí —admitió Evan inmediatamente—. Es algo que quiero y por lo que estoy dispuesto a trabajar. No dejaría el despacho si no estuviera convencido de que será un cambio positivo. Y éste es el momento ideal para que entre en la política, sobre todo porque mi padre está en el senado.

Mary Jo se volvió para mirarlo.

—¿Y si te pidiera que no te presentaras como candidato a concejal?

Evan estuvo pensando en aquella pregunta durante varios segundos.

—¿Por qué ibas a pedirme una cosa así?

—¿Pero si lo hiciera? —le preguntó otra vez—. ¿Qué harías entonces?

—En primer lugar, necesitaría saber exactamente por qué no quieres que lo haga.

—¿Y si te recordara que no me siento cómoda ante las cámaras? Algo sobre lo que, por cierto, estuvimos hablando ayer mismo. No soy el tipo de persona que se sienta cómoda viviendo en una pecera, dejando que todo el mundo la vea.

—No sería así —protestó Evan.

Mary Jo sonrió con tristeza. Evan no la comprendía. Había crecido sabiendo que había personas interesadas en su vida íntima. Incluso entonces, su costumbre de salir con mujeres daba lugar a todo tipo de especulaciones en las páginas de sociedad de los periódicos.

—Sería así, Evan, no te engañes.

—Pero seguro que te acostumbrarías —añadió él con una confianza absoluta.

—¿Y si no me acostumbro? ¿Qué sucederá entonces? No me gustaría ponerte en una situación embarazosa. Mi familia también podría llegar a ser un problema. Déjame ponerte un ejemplo. Hace muy poco, Jack y Rich estaban tan furiosos por el problema que ha tenido mi padre con esas inversiones que estuvieron a punto de presentarse en las oficinas de Adam para darle una paliza. Si no los hubiéramos detenido, habrían terminado en la cárcel. Una cosa así habría sido un auténtico festín para la prensa.

—Estás exagerando.

—Quizá —admitió a regañadientes, pero añadió con renovado énfasis—: pero no lo creo. Ya te dije ayer lo que sentía al respecto, pero no me creíste, ¿verdad? Pensaste que lo único que necesitaba eran unas cuantas palmaditas en la cabeza y unas palabras para tranquilizarme. No has tenido en cuenta nada de lo que te dije.

—Mary Jo, por favor...

—Por si no lo has notado, tengo la horrible costumbre de ruborizarme cada vez que me convierto en el centro de atención. No soy una mujer como tu madre. A ella le gusta estar en primer plano, disfruta preparando acontecimientos sociales. Tiene el don de hacer que todo el mundo se sienta cómodo y bienvenido en sus fiestas. Yo no puedo hacer eso, Evan. Me sentiría fatal.

Evan no dijo nada, pero tensó los labios.

—Es posible que mi actitud te parezca egoísta y desconsiderada, pero no es verdad. Sencillamente, no soy la mujer adecuada para ti.

—Porque lo ha dicho mi madre.

—No, porque soy quien soy y como soy.

Evan suspiró pesadamente.

—Al parecer, ya lo tienes todo decidido.

—Y otra cosa, soy una buena profesora y disfruto haciendo mi trabajo. Quiero continuar trabajando después de que nos casemos.

Evan dio varios pasos para separarse de ella y se pasó la mano por el cuello.

—Entonces yo ya no tengo nada que decir, ¿verdad? Hablaré con Damian y le diré que lo anule todo. No me presentaré a concejal si eso te hace sentir mejor.

—Oh, Evan... —estaba al borde de las lágrimas. Eso era exactamente lo que ella temía. Exactamente lo que no quería—. ¿No te das cuenta? —le preguntó ahogando un sollozo—. No puedo casarme contigo sabiendo que por mi culpa vas a renunciar a tus sueños. Es posible que ahora me quieras, pero con el tiempo, crecería tu resentimiento hacia mí y acabaría con nuestro matrimonio.

—Tú eres más importante para mí que cualquier cargo político —dijo Evan precipitadamente—. Y tienes razón, Mary Jo. Ayer mismo me explicaste lo que sentías sobre el hecho de que me involucrara en política y yo no he tenido en cuenta lo que me dijiste. He crecido en una familia que ha acaparado la atención de los medios de comunicación en más de una ocasión. Yo estoy acostumbrado a todo esto y me he equivocado al no tener en cuenta tus sentimientos.

Mary Jo cerró los ojos, haciendo un esfuerzo para olvidarse de la voluntad de Evan de sacrificarse por ella.

—Esto no puede funcionar, Evan. Al principio, podría no importarte, pero más tarde nos destrozaría. Y haría también mucho daño a tu familia. Este sueño no es sólo tuyo, Evan, es también suyo.

—Deja que me ocupe yo de mi familia.

—No, tú formas parte de ella y ellos forman parte de ti. La política ha sido un sueño para ti desde que eras un niño. Tú mismo has dicho que crees que puedes hacer muchas cosas por la ciudad.

Las lágrimas empezaron a correr libremente por su rostro. Se las secó con impaciencia y continuó diciendo:

—¿Cuántas veces vas a obligarme a decirlo? Yo no soy la mujer adecuada para ti.

—Claro que eres la mujer adecuada para mí—contestó con contundencia. La agarró por los hombros, la estrechó contra él y la miró con expresión fiera y decidida—. Y no estoy dispuesto a seguir escuchando nada de esto. Llevamos mucho tiempo amándonos el uno al otro. Estamos hechos para estar juntos.

Mary Jo cerró los ojos otra vez y dejó caer la cabeza.

—Tiene que haber otra mujer que no sea yo, que proceda de una familia adecuada y que tenga un pasado similar al tuyo. Una mujer que comparta tus ambiciones y tus sueños, que trabaje a tu lado y no contra ti. Una mujer que también podrá amarte...

—No puedo creer lo que estás diciendo —tensó las manos sobre sus hombros hasta causarle dolor, pero Mary Jo sabía que no era consciente de ello—. Es a ti a quien amo, es contigo con quien quiero casarme —Mary Jo sacudió la cabeza con tristeza—. Si de verdad crees que puede haber otra mujer para mí, ¿por qué no me he enamorado de nadie? He tenido tres años para encontrar a esa mujer fantasma de la que hablas, ¿por qué no la he encontrado?

—Porque tenías los ojos cerrados. Porque estabas demasiado pendiente de tu propio dolor. Por cualquier motivo, no sé...

—¿De verdad es eso lo que quieres? ¿Salir de mi vida por segunda vez como si no significáramos nada el uno para el otro? —estaba empezando a llamar la atención de las personas que paseaban por el muelle, de manera que bajó la voz.

—No —admitió—. Esto me está matando. Daría cualquier cosa por ser el tipo de mujer que necesitas, pero sólo puedo ser yo. Y si bien puedo pedirte que me aceptes tal y como soy, lo que no puedo hacer es pedirte que seas algo que no eres.

—No me hagas esto —le pidió Evan entre dientes—. Encontraremos la manera de solucionarlo.

¡Cuánto deseaba Mary Jo creerlo...! ¡Cuánto deseaba que de verdad fuera posible su amor...!

Evan tomó aire y le soltó los hombros.

—Será mejor que hoy no tomemos ninguna decisión definitiva. Los dos estamos emocionalmente agotados. Ahora mismo no podemos decidir nada —se interrumpió y volvió a tomar aire—. Será mejor que dejemos pasar la noche y hablemos mañana por la mañana, ¿te parece bien?

Mary Jo asintió. No se creía capaz de seguir soportando aquello mucho más.

A la mañana siguiente, Evan llamó a la oficina poco después de que Mary Jo hubiera llegado y le dijo que aquel día llegaría tarde. Su tono era frío, no dejaba traslucir ninguna emoción mientras le pedía que cambiara sus dos primeras citas.

Mary Jo tuvo la sensación de estar hablando con un desconocido. A ella le habría encantado preguntarle cómo estaba, o si había pensado algo más, pero era evidente que Evan quería evitar hablar con ella de nada personal.

Con el corazón en un puño, Mary Jo comenzó las labores de la mañana. Alrededor de las nueve y media, se abrió la puerta y entró Damian. Se detuvo como si no estuviera seguro de haber llegado al despacho que buscaba.

—Evan no llegará hasta las once de la mañana —le explicó Mary Jo.

—Sí, lo sé —para ser un hombre al que Mary Jo siempre le había supuesto una gran confianza en sí mismo, parecía bastante dubitativo y vacilante—. No estaba buscando a Evan. He venido a buscarte a ti.

—¿A mí? —alzó la mirada hacia Damian y se encontró con una expresión cálida y compasiva—. ¿Por qué?

—Ayer por la tarde, Evan pasó por casa para hablar con Jessica y conmigo. Estaba confundido y...

—Herido —terminó Mary Jo por él.

Sabía exactamente lo que sentía Evan porque ella se había sentido así también.

—No sé si hablando contigo podré resolver nada, pero he pensado que por lo menos debería intentarlo. No estoy seguro de que a mi hermano le guste que me meta en sus asuntos personales, pero él lo hizo en una ocasión por mí, de modo que creo que se lo debo —Damian esbozó una sonrisa fugaz—. No sé si es esto lo que quieres oír, pero Evan te quiere de verdad.

Mary Jo asintió con un nudo en la garganta.

—Lo sé.

Y ella también lo amaba de verdad.

—Por lo que nos dijo Evan, deduje que había decidido renunciar a presentarse a concejal. También nos contó los motivos por los que pensaba que haría mejor en renunciar. Naturalmente, yo apoyaré cualquiera de las decisiones que tome.

—Pero... —estaba segura de que tenía que haber algún pero en todo aquello.

—Pero sería una pena que renunciara.

—No voy a permitir que eso suceda —dijo Mary Jo con calma—. Ya ves, quiero a Evan y deseo lo mejor para él. Y es evidente que yo no soy lo mejor para él.

—No es eso lo que él piensa. Y tampoco lo que yo creo.

Mary Jo no creía que tuviera sentido discutir sobre ello.

—¿Dónde está ahora? —le preguntó suavemente.

—Ha ido a hablar con nuestros padres.

Sus padres. Si alguien podía ayudarlo a enfrentarse a la verdad era Lois Dryden. Mary Jo se había acercado a esa mujer con actitud decidida y convencida de la fuerza de su amor y se había marchado convencida de que había estado viviendo en un mundo irreal. Lois Dryden sería capaz de abrirle los ojos a Evan como nadie más podría hacerlo.

—Ambos necesitamos tiempo para pensar en esto —musitó Mary Jo—. Te agradezco que hayas venido a verme más de lo que puedo expresar con palabras, Damian. Sé que lo has hecho motivado por las mejores intenciones, pero lo que suceda entre Evan y yo... bueno, es asunto nuestro.

—No me has pedido consejo, pero voy a darte uno de todas formas —dijo Damian—. No renuncies tan rápido.

—No lo haré —le prometió Mary Jo.

Mary Jo estaba sentada tras su escritorio revisando el correo cuando llegó Evan poco después de las once. Se levantó para saludarlo, pero él la miró de reojo y dijo en un tono totalmente inexpresivo:

—No puedo luchar contra vosotras dos —se metió en su despacho y cerró la puerta.

Su gesto fue más elocuente que cualquier palabra. En el fondo de su corazón, Mary Jo había albergado la esperanza de que, si Evan se enfrentaba a sus padres y salía de su casa con sus convicciones intactas, todavía habría alguna oportunidad para ellos.

Pero evidentemente, no había sido así. Su aspecto revelaba dolorosamente su resignación y su arrepentimiento. Había aceptado de sus padres lo que no había querido aceptar de ella: la verdad.

Mary Jo volvió a sentarse, mecanografió una carta de renuncia y la firmó. Llamó a continuación a una empresa de trabajo temporal e hizo los arreglos pertinentes para que enviaran una sustituta esa misma tarde.

Cuando terminó, llamó suavemente a la puerta del despacho de Evan y entró.

—¿Sí? —dijo Evan.

Lo encontró asomado a la ventana, con las manos en la espalda. Al cabo de unos segundos, se volvió para mirarla.

Con las lágrimas acumulándose en su garganta, Mary Jo dejó la hoja de la renuncia encima de su mesa y se acercó a él.

Evan miró la carta y volvió después la mirada hacia ella.

—¿Qué es eso?

—Mi carta de renuncia. Mi sustituta llegará en menos de una hora. Yo completaré la jornada de hoy, me quedaré a enseñarle en qué consiste su trabajo.

Esperaba que Evan protestara, pero no dijo nada. Mary Jo posó la mano en su mejilla y le sonrió. Las lágrimas que llenaban sus ojos difuminaban las facciones de su rostro.

—Adiós, Evan —susurró.

Capítulo nueve

PASÓ una semana. Los días se fundían uno con otro de tal manera que Mary Jo ya no era capaz de distinguir la mañana de la tarde. Tanto durante el día como por la noche, la perseguían miles de arrepentimientos.

Agradeciendo el tener una familia que la quería, Mary Jo aceptaba el consuelo que tanto necesitaba. Recibía el consuelo de cada uno de ellos y encontraba también algún alivio a su tristeza en las noticias que a través de ellos le llegaban de Evan. La secretaria de éste había estado en contacto con su padre para informarle de todo lo concerniente a Adison Investments.

Mary Jo también tuvo noticias suyas. Una de ellas, una breve carta explicándole que Adison no tardaría en devolverle a su padre el dinero de la inversión original más los intereses acumulados. Como Evan había calculado su minuta pensando que aquel caso les obligaría a poner una denuncia, le decía que no le debía nada.

Mary Jo leyó la carta varias veces, buscando algún mensaje oculto. Cualquier cosa.

Pero sólo eran tres frases cortas escritas con un tono frío y eficiente, sin ningún significado secreto ni nada que mereciera la pena descifrar. Las lágrimas empañaban sus ojos mientras deslizaba los dedos por su firma. Lo echaba terriblemente de menos. Se sentía vacía y perdida. Y sabía que eso era todo lo cerca que iba a poder estar ya nunca de él, acariciando su firma al final de una carta.

Pasó otra semana. Mary Jo continuaba estando tan triste como el día que había dejado de trabajar para Evan. Sabía que tardaría algún tiempo en aceptar la imposibilidad de su amor por él, pero todavía no estaba preparada para asumirla. De modo que permanecía todo el día encerrada en su apartamento, apática y con el corazón destrozado.

El hecho de que aquellos días de verano fueran gloriosos, con un sol resplandeciente y sin una sola nube en el cielo, tampoco la ayudaba demasiado. Lo menos que podría haber hecho la madre naturaleza habría sido colaborar acompañando su estado de ánimo con unos días grises y sombríos.

Aquella mañana, se levantó tarde de la cama y no se molestó en comer hasta que era casi por la tarde.

En aquel momento, permanecía sentada frente al televisor, con el camisón todavía puesto y masticando copos de maíz tostado. No había ido a la compra desde hacía semanas, se había quedado sin leche... y sin casi todo lo demás.

Sonó el timbre de la puerta y Mary Jo le dirigió una mirada acusadora. Probablemente, sería su madre o alguna de sus cuñadas, que parecían pensar que tenían la obligación de levantarle el ánimo, de tal manera que se inventaban las excusas más ridículas para presentarse de pronto en su casa.

El amor y el apoyo de la familia eran importantes, pero lo único que quería Mary Jo en aquel momento era que la dejaran en paz. Comer sus copos de maíz tranquilamente.

Dejó el cuenco a un lado, se acercó a la puerta y miró por la mirilla. Distinguió un bolso de diseño pero, desgraciadamente, no podía ver a la persona que lo llevaba.

—¿Quién es? —preguntó.

—Jessica.

Mary Jo apoyó la frente en la puerta y gimió. Tanto física como emocionalmente estaba hecha un desastre. Y lo último que le apetecía era ver a alguien relacionado con Evan.

—Mary Jo, por favor, abre la puerta —le dijo Jessica—. Tenemos que hablar. Es algo relacionado con Evan.

Nada podía haber sido más efectivo. Mary

Jo no quería compañía. No quería hablar con nadie. Pero en el momento en el que Jessica pronunció el nombre de Evan, descorrió el cerrojo y abrió la puerta. Una vez abierta, cerró los ojos para protegerse del intenso brillo del sol.

—¿Cómo estás? —preguntó Jessica, entrando directamente en su casa.

—Tan mal como parece —masculló Mary Jo, cerrando la puerta tras ella—. ¿Y qué tal está Evan?

—Igual que tú.

Jessica entró a grandes zancadas en el salón, quitó un montón de papeles de la mecedora y se sentó como si pensara quedarse allí un buen rato.

—¿Dónde está Andy? —preguntó Mary Jo sin apartar la mano del pomo de la puerta.

Jessica cruzó las piernas y comenzó a mecerse suavemente, como si dispusiera de todo el tiempo del mundo.

—Se lo ha quedado mi madre... durante todo el día.

A Mary Jo no le pasó desapercibido el énfasis que imprimía a sus palabras. Jessica pretendía quedarse allí hasta que hubiera conseguido lo que quería.

—Le he dicho a mi madre que tenía una cita con el médico... y que llegaría tarde —continuó Jessica—. Creo que estoy em-

200

barazada otra vez —una radiante felicidad iluminaba sus ojos.

—Felicidades —aunque Mary Jo se sentía fatal, se alegraba por su amiga que, evidentemente, estaba encantada.

—Sé que no es asunto mío —dijo Jessica en tono comprensivo—, pero cuéntame qué ha pasado entre Evan y tú.

—Estoy segura de que él ya te lo ha explicado —Mary Jo no tenía ganas de entrar en detalles. Además, sabía que no serviría de nada.

Jessica soltó una carcajada.

—¿Que ya me lo habrá explicado Evan? Debes de estar de broma. No me diría jamás ni una palabra. Tanto Damian como yo hemos intentando acercarnos a él para hablar de lo que ha pasado, pero no hemos conseguido nada.

—Así que por eso has decidido venir a verme.

—Exactamente.

Evidentemente, Jessica estaba decidida a quedarse hasta que le dijera lo que quería saber.

—Por favor, no me hagas esto, Jessica —dijo Mary Jo, luchando contra las lágrimas—. Es demasiado doloroso.

—Pero vosotros os queréis.

—Precisamente por eso ha sido necesario

romper. No ha sido fácil para ninguno de nosotros, pero las cosas no pueden ser de otra manera.

Jessica elevó las manos al cielo.

—Sois un par de tontos. No sirve de nada hablar con Evan y tú no eres mucho mejor. ¿Qué haría falta para conseguir que volvierais a estar juntos?

—Un milagro —fue la respuesta de Mary Jo.

Jessica dedicó algunos segundos a digerir aquella información.

—¿Hay algo que pueda hacer por vosotros?

—No —contestó Mary Jo con tristeza.

No había nada que pudiera hacer por ellos. Pero de una cosa estaba segura: no podía continuar así. Dejando que pasara un día tras otro sin pensar nunca en el futuro. Enterrada en el dolor del pasado, apenas era capaz de disfrutar del presente.

—¿Estás segura?

—Estoy pensando en irme a vivir fuera de Boston —dijo de pronto.

Lo había dicho en un impulso inesperado, pero en el fondo sabía que era precisamente eso lo que tenía que hacer. No podría continuar viviendo en aquella ciudad, en aquel estado, sin estar siendo bombardeada constantemente con informaciones sobre la familia Dryden. No pasaba una sola semana sin que su padre apareciera en las noticias por alguna u otra razón, o al menos eso le parecía. Y la situación no mejoraría precisamente cuando Evan fuera elegido concejal.

La única respuesta posible era escapar.

—¿A dónde irías? —la presionó Jessica.

A cualquier parte con tal de no estar allí.

—Hacia el noroeste —contestó, diciendo el primer destino que se le ocurrió—. A Washington, o quizá a Oregón. He oído decir que esa parte del país es especialmente bonita.

Se necesitaban profesores por todas partes y no creía que tuviera muchos problemas para encontrar un puesto de trabajo.

—¿Y por qué tan lejos? —Jessica apenas susurró la pregunta.

Cuanto más lejos, mejor. Su familia se enfadaría con ella, pero por primera vez desde hacía dos semanas, Mary Jo había encontrado un motivo para mirar hacia delante.

Sus padres le dirían que estaba huyendo, y Mary Jo no podía menos que estar de acuerdo, pero a veces huir era necesario. Recordaba las conversaciones de su padre con sus hermanos mayores; les había explicado muchas veces que podría haber un día en el que se encontraran en una situación sin salida. Lo mejor que podían hacer entonces, les decía, era huir. Seguramente, aquélla era una de esas ocasiones.

—Gracias por venir —dio Mary Jo, mirando muy seria a su amiga—. Te lo agradezco. Y, por favor, avísame cuando nazca el bebé.

—Lo haré —contestó Jessica con tristeza.

—Le diré a mi madre que me envíe los resultados de las elecciones del año que viene. Mi corazón estará al lado de Evan.

Y siempre lo estaría.

Jessica se marchó poco después, desanimada y nerviosa. Ambas se abrazaron y prometieron seguir en contacto; después, se separaron con pesar. Mary Jo había llegado a considerar a la cuñada de Evan como una buena amiga.

Mary Jo se llenó de pronto de determinaciones. Se vistió, hizo una serie de llamadas de teléfono, abrió la puerta y dejó que el sol entrara a raudales en su casa. Por la tarde, había conseguido ya mucho más que durante las dos semanas anteriores. Comunicarles a sus padres lo que iba a hacer no sería fácil, pero ella ya había tomado una decisión. Aquel día era martes. El lunes de la semana siguiente, metería en el coche todas las cosas que le cupieran y se dirigiría hacia el oeste. Y en cuanto se instalara, mandaría a buscar sus muebles.

Antes de que Mary Jo hubiera tenido

oportunidad de anunciar su decisión, su padre la llamó para darle la maravillosa noticia de que había recibido un cheque para cobrar en efectivo en el que le devolvían todo el dinero invertido. Y no sólo eso, sino que Evan le había puesto en contacto con un asesor financiero de confianza.

—Es magnífico —dijo Mary Jo, pestañeando para contener las lágrimas.

Oír el alivio que reflejaba la voz de su padre era cuanto necesitaba. Aunque hubiera terminado con el corazón destrozado, pedirle a Evan que ayudara a sus padres había sido lo mejor que podía haber hecho. Su padre había recuperado mucho más que el dinero invertido. En el proceso, había recuperado su orgullo y su fe en la justicia.

—Tengo que hablar contigo y con mamá —anunció Mary Jo, preparándose para la inevitable discusión—. Pasaré por allí dentro de unos minutos.

El encuentro no salió bien. Tampoco Mary Jo esperaba que lo hiciera. Sus padres tenían una lista de objeciones que había durado casi una hora. Pero la decisión de Mary Jo no se tambaleó. Iba a marcharse de Boston; comenzaría una nueva vida.

Para su sorpresa, sus hermanos estuvieron de su lado. Jack insistió en que era suficientemente adulta como para tomar sus propias decisiones. Y sus palabras fueron más eficaces para convencer a sus padres que todas las horas que había pasado Mary Jo discutiendo con ellos.

El viernes, antes de marcharse, Mary Jo pasó todo el día con su madre. Marianna estaba cortando pepinos en la cocina y se secaba los ojos de vez en cuando, cuando creía que Mary Jo no la estaba mirando.

—Voy a echarte de menos —dijo Marianna, sin perder la entereza.

Mary Jo sintió que se le encogía el corazón.

—Yo también voy a echarte de menos, pero mamá, lo dices como si no fueras a tener noticias mías nunca más. Y te prometo que te llamaré por lo menos una vez a la semana.

—Llama cuando las llamadas te salgan más baratas, ¿de acuerdo?

Mary Jo disimuló una sonrisa.

—Por supuesto.

—He hablado con Evan —comentó su madre sin darle importancia mientras guardaba unos dientes de ajo en unos botes esterilizados.

Mary Jo se quedó helada. La respiración pareció quedársele retenida en el pecho.

—Le dije que habías decidido marcharte de Boston, ¿y sabes lo que me dijo él?

—No —contestó.

Aquella palabra salió de su garganta acompañada por una burbuja de histeria.

—Que tú sabrías qué era lo mejor para ti —se interrumpió como si estuviera midiendo con mucho cuidado sus palabras—. No parecía el mismo de siempre. Estoy preocupada por ese chico, pero estoy más preocupada por ti.

—Mamá, estaré bien.

—Lo sé. Eres una Summerhill y los Summerhill somos gente fuerte.

Mary Jo siguió a su madre mientras ésta iba echando pepinillos en cada uno de los botes.

—Nunca me has contado lo que pasó entre Evan y tú, aunque tampoco tienes por qué hacerlo. Tengo ojos y oídos y no hace falta ser muy inteligente para adivinar que su familia ha tenido algo que ver con todo esto.

La perspicacia de su madre no la sorprendió, pero Mary Jo no negó ni confirmó sus palabras.

—Aquí está el correo —dijo en aquel momento Norman Summerhill, mientras entraba a grandes zancadas en la cocina—. Una agencia de viajes nos envía un par de folletos sobre viajes al Pacífico Sur. Cuando hayas terminado de preparar esos botes, podemos sentarnos a ver lo que dicen.

Marianna asintió con entusiasmo.

—No tardaré.

El padre de Mary Jo dejó el resto del correo en la mesa. El primer sobre le llamó a Mary Jo la atención. El remite era de un tribunal de quiebras. Mary Jo no pensó en ello hasta minutos más tarde, cuando su padre abrió el sobre.

—Me pregunto qué podrá ser esto —comentó su padre, confundido.

Alejó la carta de él para poder leerla.

—Norman, por el amor de Dios. Ponte las gafas —lo regañó Marianna.

—Puedo leer sin ellas —le guiñó el ojo a Mary Jo—. Toma, léemelo tú.

Mary Jo tomó la carta y leyó en silencio su contenido. El estómago se le revolvió mientras lo hacía. El tribunal de quiebras había escrito a sus padres por el caso de Adison Investments. Les solicitaban que completaran unos formularios y les pedían la lista detallada, con pruebas, de la cantidad de sus inversiones. Una vez reenviaran esos documentos al tribunal, su caso sería escuchado.

A Mary Jo le resultaba complicado comprender toda aquella jerga legal, pero una cosa estaba clara: Adison Investments no le había devuelto a su padre el dinero.

Lo había hecho Evan.

—No es nada, papá —dijo Mary Jo.

No se le ocurrió otra cosa que decir.

—Entonces, tíralo. No entiendo por qué nos llega tanto correo basura últimamente. Los ecologistas deberían hacer algo al respecto para que dejaran de cortar inútilmente tantos árboles.

Mary Jo se metió el sobre en el bolso, les dijo a sus padres que tenía que marcharse y salió poco después. No estaba segura de lo que iba a hacer, pero si no salía pronto de allí, no podría continuar disimulando las lágrimas.

Evan había hecho aquello por su familia porque la amaba. Ésa era su manera de despedirse para siempre de ella. Las lágrimas le nublaban la visión y, sorbiendo para contenerlas, se pasó el dorso de la mano para contenerlas.

El sonido de la bocina de un coche sonó con fuerza tras ella y Mary Jo miró en esa misma dirección. La adrenalina se disparó a través de ella cuando vio que un coche corría a toda velocidad hacia ella.

Lo siguiente que oyó fue el sonido del metal contra el metal. El sonido estalló en sus oídos e, instintivamente, se llevó las manos a la cara. El impacto fue tan fuerte que se sentía como si se hubiera visto atrapada en medio de una explosión.

Todo su mundo se convirtió en un caos. Sólo había dolor. La cabeza comenzó a darle vueltas y se le nubló la vista. Gritó.

Lo último que supo antes de perder la conciencia fue que iba a morir.

—¿Por qué no me han llamado inmediatamente? —preguntó en tono exigente una malhumorada voz de hombre.

Parecía llegar de una larga distancia y se acercaba lentamente hacia Mary Jo mientras ella flotaba, despreocupada, en una espesa nube negra. La voz le parecía la de Evan, pero no tardó en dejar de hacerlo. El mundo llegaba hasta ella como en una nebulosa, como si todo estuviera moviéndose a cámara lenta.

—Hemos intentando ponernos en contacto contigo, pero tu secretaria nos dijo que no podía localizarte.

La segunda voz era la de su padre, decidió Mary Jo. Pero también su voz sonaba rara, como si su padre estuviera en el fondo de una profunda sima y estuviera gritándole desde allí. Las palabras sonaban distorsionadas, vibraban, haciendo que a Mary Jo le resultara difícil comprenderlas. Parecían tardar una eternidad en llegar hasta ella. Quizá fuera porque estaba gravemente herida. La cabeza le palpitaba de una forma intensa y dolorosa.

—He venido en cuanto me he enterado —era Evan otra vez y parecía estar disculpándose. Hablaba como si se sintiera culpable—. ¿Es grave?

—El médico dice que tiene una lesión cerebral. Está inconsciente, pero los médicos nos han asegurado que no está en coma.

—Pronto se despertará —dijo su madre en un tono tranquilizador—. Ahora, siéntate e intenta tranquilizarte. Todo va a salir bien. Estoy segura de que los médicos estarán encantados de contestar a todas las preguntas que tengas que hacerles. Mary Jo se va a poner bien, ya lo verás.

Su madre estaba consolando a Evan como si fuera uno de sus hijos, comprendió Mary Jo. Ella no comprendía por qué estaba Evan tan preocupado. A lo mejor pensaba que iba a morirse. O a lo mejor ya estaba muerta, se dijo. Pero no, inmediatamente decidió que no podía estar muerta porque estaba demasiado dolorida.

—¿Qué le han hecho en la cabeza?

Mary Jo también estaba ansiosa por conocer la respuesta.

—Han tenido que afeitarle el pelo.

—Tranquilo —era su padre el que hablaba entonces—, volverá a crecer.

—Pero es que parece tan... —Evan no terminó la frase.

—Se pondrá bien, Evan. Ahora, siéntate aquí, a su lado. Sé que te has llevado una fuerte impresión al verla así.

Mary Jo quería tranquilizar personalmente a Evan, pero su boca se negaba a abrirse y no podía hablar. Algo debía de estar ocurriéndole si era capaz de oír, pero sin poder ver ni hablar. Cuando intentó moverse, descubrió que sus brazos se negaban a colaborar. La invadió una sensación de pánico y el dolor se hizo más intenso.

Casi inmediatamente, se sintió envuelta por aquella nube oscura y espesa y las voces se fueron desvaneciendo lentamente. Quería gritar, volver de nuevo con ellos, pero no tenía fuerzas suficientes. Y por lo menos de aquella manera, el dolor no era tan terrible.

Lo siguiente que oyó Mary Jo fueron unos golpes. Tardó algunos segundos en reconocer lo que significaba aquel sonido en particular. Había alguien en su habitación, paseando. Quien quiera que fuera parecía impaciente, nervioso quizá. No era capaz de distinguirlo.

—¿Cómo está?

Una voz femenina que le resultaba vagamente familiar fue filtrándose suavemente en sus oídos. El dolor de cabeza volvió y deseó desesperadamente que cesara.

—No ha habido ningún cambio.

Era Evan el que hablaba. Era Evan el que estaba caminando en su habitación. Y saberlo la llenó de una agradable sensación de paz. Sabía que si Evan estaba con ella se recuperaría. Lo que no podía saber era por qué estaba tan segura de ello.

—¿Cuánto tiempo llevas aquí?

Era la voz de Jessica, decidió entonces Mary Jo.

—Unas cuantas horas.

—Más de veinticuatro horas. Me he encontrado a los padres de Mary Jo en el ascensor. Se iban a casa, a dormir. Y tú deberías hacer lo mismo. Si se produce algún cambio, nos llamarán del hospital.

—No.

Mary Jo rió para sí. Habría reconocido aquel tono cortante y obstinado en cualquier parte.

—Evan —protestó Jessica—, ahora mismo no eres capaz de pensar con claridad.

—Sí, lo sé. Pero no voy a dejarla aquí, Jessica. Puedes discutir conmigo todo lo que quieras, pero no pienso hacerte ningún caso.

Se hizo un corto silencio. Mary Jo oyó una silla arrastrándose en el suelo. La silla se acercaba a ella.

—Mary Jo pensaba irse de Boston, ¿lo sabías?

—Sí, lo sabía —respondió Evan—. Me llamó su madre para decírmelo.

—¿Y pensabas impedírselo?

Evan tardó largos segundos en contestar.

—No.

—Pero la quieres.

Evan la amaba y ella también lo amaba, pero no había ninguna esperanza para ellos. Un sollozo fue creciendo en su pecho y Mary Jo experimentó una urgencia sobrecogedora de llorar.

—Se ha movido —exclamó Jessica emocionada—. ¿Lo has visto? Le acaba de temblar la mano.

Mary Jo sintió que estaba siendo arrastrada una vez más hacia aquel negro vacío en el que no la acompañaba ningún sonido. Parecía cerrarse a su alrededor como los pliegues de un manto grueso y oscuro.

Cuando Mary Jo abrió los ojos, lo primero que vio fue un retazo de color azul. Le costó algunos segundos darse cuenta de que era el pedazo de cielo que se veía a través de la ventana del hospital. Reconoció también unas nubes dispersas en el horizonte.

214

Pestañeó con fuerza, intentando recordar qué estaba haciendo allí, en aquella cama, en aquella habitación.

Se había visto involucrada en un accidente de coche, eso era. No podía recordar los detalles, de lo único que se acordaba era de que pensaba que se estaba muriendo. Tenía un dolor de cabeza terrible. Las palpitaciones no eran tan intensas, pero continuaban allí y los ojos le lloraban por culpa de la luz del sol.

Girar la cabeza hacia el otro lado le supuso un considerable esfuerzo. Su madre estaba sentada al lado de la cama, leyendo la Biblia, y su padre permanecía de pie al otro lado de la habitación. Presionaba las manos contra los riñones, como si quisiera aliviar el cansancio de sus músculos.

—Mamá —dijo Mary Jo con una voz que sonaba grave y ronca.

Marianna Summerhill se levantó de un salto.

—Norman, Norman, Mary Jo está despierta.

Y tras haber pronunciado aquellas palabras, se cubrió la cara con las manos y comenzó a llorar.

No era algo habitual ver llorar a su madre. Mary Jo miró a su padre y vio que también él tenía los ojos llenos de lágrimas.

—Así que has decidido volver a la vida —

dijo su padre. Se acercó a la cama y se llevó la mano de su hija a los labios—. Bienvenida a casa.

Mary Jo necesitó muchas más fuerzas de las que realmente tenía para sonreír.

—¿Cómo te encuentras?

Su madre se estaba secando las lágrimas con un pañuelo y estaba tan pálida que Mary Jo se preguntó si no estaría también ella enferma.

—Me siento rara.

—El médico decía que esperaba que te despertaras pronto.

Eran muchas las cosas que Mary Jo quería preguntar. Muchas las cosas que tenía que decir.

—¿Evan? —consiguió graznar.

—Ha estado aquí —contestó su madre—. Vino en cuanto se enteró del accidente y se ha ido hace unos minutos. Nadie podía convencerlo de que se marchara.

—En este momento está hablando con un importante especialista —le explicó su padre—. Ahora ya no me importa decírtelo, la preocupación lo tenía fuera de sí. Todos hemos estado muy preocupados.

Mary Jo comenzó a cerrar los ojos. Se sentía increíblemente débil y las pocas energías que tenía parecían haberse evaporado.

—Duérmete —la arrulló su madre—.

Todo va a salir bien.

No, no, protestó Mary Jo, luchando contra el sueño. Todavía no. No tan pronto. Tenía demasiadas preguntas que necesitaban una respuesta. Pero el silencio la envolvió una vez más.

Era de noche cuando volvió a despertar. El cielo estaba oscuro y plagado de estrellas. La luz de la luna iluminaba suavemente su habitación.

Al principio pensó que estaba sola, pero se fijó después en una enigmática sombra que se proyectaba contra la pared. Había una persona sentada al lado de su cama. Era Evan, comprendió, y estaba dormido. Tenía los brazos apoyados en el colchón, soportando su cabeza.

El consuelo que sintió Mary Jo al saber que estaba allí fue indescriptible. Buscó su mano, la cubrió con la suya, bostezó y volvió a cerrar los ojos.

—¿Tienes hambre? —le preguntó Marianna mientras se acercaba a la cama con una bandeja de hospital y la dejaba encima de la mesilla.

Mary Jo estaba sentada por primera vez.

—No lo sé —contestó, sorprendida de lo débil que sonaba su voz.

—He hablado con el médico del hospital sobre el menú —dijo su madre, sacudiendo la cabeza con cierta desesperación—. Me ha asegurado que podrás sobrevivir a la cocina del hospital hasta que pueda llevarte a casa y alimentarte como es debido.

Probablemente no tenía gracia, pero Mary Jo no pudo evitar una sonrisa. Por primera vez, era realmente consciente de lo que la rodeaba. La habitación estaba llena de flores frescas. Cubrían todos los centímetros disponibles. Incluso había una docena de jarros llenos de rosas en el suelo.

—¿Quién ha enviado todas esas flores? —preguntó.

Su madre fue señalando los diferentes ramos.

—Esos tus hermanos. Papá y yo. Esos dos son de Jessica y de Damian. Déjame ver... sí, hay otro de los profesores de tu antiguo colegio. El más aparatoso es de los Dryden. Y los claveles rosas son de Gary.

—Qué cariñoso ha sido todo el mundo.

Pero Mary Jo advirtió que había varios ramos que su madre no había mencionado. Y esos, tenía la fuerte sospecha de que se los había enviado Evan.

Evan.

Le bastaba pensar en él para sentirse terriblemente triste. Desde que había recuperado la conciencia, Evan había dejado de acudir al hospital. Había estado allí antes, de eso estaba segura. Sus recuerdos eran demasiado nítidos para no ser reales. Pero en cuanto la había sabido fuera de peligro, había salido de su vida una vez más.

—Come algo —insistió Marianna—. Sé que no es tan rico como la cocina de tu madre, pero no tiene mal aspecto.

Mary Jo sacudió la cabeza y se reclinó contra la almohada.

—No tengo hambre.

—Cariño, por favor. Los médicos han dicho que no te dejarán volver a casa hasta que hayas recuperado las fuerzas.

Evan no era el único que podía ser obstinado. Mary Jo se cruzó de brazos y se negó incluso a mirar la comida. Al cabo de un rato, su madre consiguió convencerla de que probara un bocado, porque era evidente que su falta de apetito la estaba destrozando.

Cuando se llevaron la bandeja, Mary Jo se quedó dormida. Al despertar, encontró a su padre a su lado. Lo miró a los ojos y los descubrió llenos de cariño y ternura.

—¿El accidente fue culpa mía? —tenía que saberlo; recordaba muy poco de lo que había sucedido.

—No, el otro coche se saltó un semáforo en rojo.

—¿Resultó herido alguien más?

—No —contestó su padre, tomando su mano.

—Siento haberos preocupado tanto.

Una débil sonrisa cruzó el rostro de su padre.

—Tus hermanos también estaban muy preocupados. Y Evan.

—Ha estado aquí, ¿verdad?

—En todo momento. No conseguíamos hacerle marcharse. Ni siquiera lo consiguió su propia familia.

Pero en ese momento no estaba allí, justo cuando más lo necesitaba.

Su padre le palmeó cariñosamente la mano y cuando habló, fue como si le hubiera leído el pensamiento.

—La vida tiene una forma curiosa de enderezarlo todo. Las cosas volverán a su cauce. Tú no tienes que preocuparte de Evan, de su familia ni de nada más. Sólo concéntrate en ponerte bien.

—Lo haré.

Pero no estaba poniendo en ello su corazón. Su corazón estaba con Evan.

Pasó una semana y Mary Jo iba ganando fuerzas cada día. Con la cabeza afeitada, parecía salida de una película de ciencia ficción.

Lo único que le faltaba era la indumentaria adecuada y una pistola láser para parecer salida de una película de Hollywood.

Si continuaba mejorando a ese paso, podrían darle la baja en el hospital en los dos próximos días. Era una buena noticia, y no porque no apreciara los excelentes cuidados que recibía.

Mary Jo pasó parte de la mañana recorriendo lentamente los pasillos del hospital, en un esfuerzo por recuperar las fuerzas perdidas. Todavía se cansaba con facilidad y se detenía con frecuencia para charlar con las enfermeras y con otros pacientes. Después de un agradable, aunque agotador par de horas, decidió volver un rato a la cama.

Al entrar de nuevo en la habitación, se detuvo bruscamente. Vio a Lois Dryden, vestida con un traje que parecía hecho a medida y asomada a la ventana.

Lois debió de oírla entrar. Y no fue capaz de disimular su consternación cuando vio a Mary Jo con la cabeza vendada y afeitada. Por un instante, pareció incapaz de pronunciar palabra.

Mary Jo tomó la iniciativa.

—Hola, señora Dryden —la saludó con calma.

—Hola, cariño. Espero que no te importe que me haya dejado caer por aquí sin avisar.

—No, por supuesto que no me importa —Mary Jo se acercó a la cama y se acostó, consciente todavía de la torpeza de sus movimientos.

—Sentí mucho enterarme de lo de tu accidente.

Mary Jo se tapó las piernas con la sábana y se reclinó contra el colchón, que tenía ligeramente levantado.

—Ahora ya estoy empezando a recuperarme.

—Tengo entendido que es posible que vuelvas pronto a casa.

—Eso espero.

—¿Hay algo que pueda hacer por ti?

A Mary Jo la sorprendió aquel ofrecimiento.

—No, pero se lo agradezco.

Lois se apartó de la ventana y permaneció a los pies de la cama. Era la viva imagen de la corrección y de los convencionalismos, con su gorrito y sus guantes blancos sin una sola mancha. Miró abiertamente a Mary Jo.

—Tengo entendido que Jessica ha venido varias veces a verte —dijo.

—Sí —contestó Mary Jo—. Ha sido muy amable. Me ha traído un aparato de música y algunos libros grabados en cinta.

Pero Mary Jo no había sido capaz de concentrarse en las historias que narraban aquellos libros. En cuanto la cinta comenzaba a sonar, se quedaba dormida.

—Supongo que Jessica te habrá contado que Damian y ella están esperando otro bebé.

Sin previa advertencia, el corazón de Mary Jo se contrajo de manera dolorosa.

—Sí, y me alegro mucho por ellos.

—Naturalmente, Walter y yo estamos encantados ante la perspectiva de volver a ser abuelos.

Comenzaba a ser importante no mirar a la madre de Evan, de modo que Mary Jo concentró la mirada en la ventana. La tensión que se había instalado en su pecho se negaba a alejarse y no tardó en darse cuenta de cuál era la fuente de aquel dolor emocional.

Ella también anhelaba tener un hijo. Un hijo de Evan. Habían estado hablando sobre su futura casa, habían planificado su familia. La imagen de la casa que Evan había descrito, con el jardín lleno de las risas de los niños que jugaban en él, cruzó por un instante la mente de Mary Jo.

Pero aquella casa ya nunca se construiría. No habría hijos. Ni matrimonio. Ni Evan.

—Por supuesto, Damian está rebosante de felicidad.

De alguna parte desconocida de su interior, Mary Jo consiguió encontrar las fuerzas para contestar:

—Me lo imagino.

—Los niños de Damian se llevarán poco más de dos años. Cuando nazca el bebé, Andrew tendrá veinte meses.

Mary Jo se preguntaba el motivo por el que la señora Dryden estaría contándole todo aquello. Aquella conversación le estaba resultando agotadora. Cerró los ojos un instante.

—Supongo que no debería cansarte más.

—Gracias por venir a verme —musitó Mary Jo educadamente.

Lois se dirigió hacia la puerta, pero vaciló un instante y regresó a la cama. Mary Jo advirtió que a la madre de Evan le temblaban las manos cuando se agarró con ellas a los pies de la cama.

—¿Le ocurre algo? —preguntó Mary Jo, pensando que quizá debería llamar a una enfermera.

—Sí —contestó la madre de Evan—, ocurre algo y yo soy la única culpable. No hace mucho tiempo, tú viniste a verme porque querías casarte con mi hijo. Yo te desanimé, y también desanimé a Evan cuando vino a hablar con su padre y conmigo.

—Señora Dryden, por favor...

—No, déjame terminar —tomó aire y le sostuvo a Mary Jo la mirada—. Sabiendo lo que ahora sé, daría cualquier cosa con tal de que estuvieras de acuerdo en casarte con mi hijo.

Capítulo diez

MARY Jo no estaba segura de haber oído a la madre de Evan correctamente.

—No lo comprendo.

Instintivamente supo que la señora Dryden era una persona que rara vez revelaba sus sentimientos. Sabía que aquella mujer no perdía nunca el control de una situación... o de sí misma. Pero parecía peligrosamente cerca de perderlo en aquel momento.

—¿Te... te importaría que me sentara?

—Por favor, hágalo —Mary Jo deseó habérselo sugerido ella misma.

Lois acercó la silla a la cama y a Mary Jo la sorprendió lo frágil y delicada que de pronto parecía.

—Antes de que digas nada más, quiero pedirte perdón.

—¿A mí?

—Sí, querida. Cuando viniste a verme, tan feliz y emocionada, para hablar de tu matrimonio con mi hijo, me impresionó mucho tu... tu valor. Tu sentido de la responsabilidad. Habías adivinado correctamente cuáles fueron mis sentimientos la primera vez que

Evan te trajo a cenar a casa aquella noche hace tres años. Aunque eras una mujer encantadora, no podía imaginarte siendo su esposa. Sin embargo, era evidente que mi hijo estaba enamorado de ti.

Mary Jo comenzó a decir algo, pero la señora Dryden negó con la cabeza, obviamente decidida a terminar antes su confesión.

—Esa misma noche decidí que era importante que habláramos. En ningún momento pretendí haceros daño ni a ti ni a Evan, y cuando me enteré de que ya no estabais saliendo juntos, comprendí que quizá vuestra ruptura había tenido algo que ver con lo que te había dicho.

—Señora Dryden, por favor, no creo que esto sea necesario.

—Oh, al contrario. Es completamente necesario. Si vas a ser mi nuera, y espero sinceramente que llegues a serlo, creo que es vital para las dos empezar de nuevo.

A Mary Jo comenzó a acelerársele el pulso de la emoción.

—¿De verdad estaba diciendo en serio lo que ha dicho antes? ¿Es verdad que quiere que me case con Evan?

—No ha habido una sola palabra que no haya dicho en serio. Y cuando me conozcas un poco mejor, te darás cuenta de que rara vez digo algo que no quiera decir. Y ahora, por favor, déjame continuar.

—Por supuesto, lo siento.

La señora Dryden le dirigió una sonrisa irónica.

—Cuando nuestra relación sea de tipo más familiar, ya no me tendrás tanto miedo. Estoy deseando que lleguemos a ser amigas, Mary Jo. Después de todo lo que ha pasado, rezo para que algún día seas la madre de mis nietos —sonrió de nuevo—. Bueno, de la mitad de mis nietos.

Mary Jo pestañeó para contener las lágrimas, profundamente conmovida por el inconfundible arrepentimiento de la otra mujer y por su generosidad.

—Y ahora, ¿por dónde iba? Ah, sí, estábamos hablando de lo que ocurrió hace tres años. Evan y tú decidisteis no volver a veros nunca más y, sinceramente, y aunque tengas que perdonarme, para mí fue un alivio. Pero Evan pareció tomarse la ruptura terriblemente. Entonces me di cuenta de que a lo mejor había actuado precipitadamente. Durante meses, estuve considerando la posibilidad de llamarte yo misma. Y ahora me avergüenzo de tener que decirte que estuve postergando continuamente esa llamada. No te llamé—añadió y le tembló la voz—, fui una cobarde. Tenía miedo de enfrentarme a ti.

—Señora Dryden, todo eso ocurrió hace mucho tiempo.

—Sí, tienes razón, pero eso no me hace menos culpable —se interrumpió—. Evan cambió mucho aquel otoño. Continuaba bromeando y riendo, pero no era el mismo. La felicidad había desaparecido de sus ojos. Nada parecía interesarlo durante demasiado tiempo y saltaba de una relación a otra. Estaba muy triste y se le notaba.

En aquellos momentos de tristeza y soledad, Mary Jo no se había sentido mucho mejor, pero decidió no decir nada al respecto.

—Fue en aquella época cuando Walter decidió presentarse a senador y nuestras vidas parecieron volverse del revés. Una de nuestras máximas preocupaciones era Evan. Aquella elección era muy importante para Walter y, de alguna manera, Evan era un problema. Walter estuvo hablando de la situación con Evan... Oh, querida... Nada de lo que te estoy contando tiene que ver con lo que está pasando ahora. Estoy desviándome del tema.

—No, continúe —le suplicó Mary Jo.

—Tengo que admitir que no estoy orgullosa de lo que hicimos. Walter y yo estábamos plenamente convencidos de que Jessica Kellerman era la mujer ideal para Evan e hicimos todo lo que estuvo en nuestras manos para alentar su relación. Como ya sabes, Damian y Jessica se enamoraron. Cualquiera habría dicho que después de todo aquello debería haber aprendido a no interferir en la vida de mis hijos, pero al parecer, no ha sido así.

Mary Jo deseó poder decir algo para tranquilizar a Lois.

—Al principio de este verano, Walter y yo nos dimos cuenta de que Evan comenzaba a ser de nuevo feliz. De alguna manera, volvía a ser el de antes. Más tarde, nos enteramos de que estabas trabajando para él. Yo decidí entonces que si habíais decidido retomar vuestra relación, no interferiría en ella.

—Y no lo hizo —dijo Mary Jo rápidamente.

—Pero entonces viniste a verme e insististe en que queríais celebrar una boda íntima y sencilla. Era evidente que no comprendías las demandas a las que hay que enfrentarse cuando se tiene un marido que está en el mundo de la política. Me di cuenta de que con mis opiniones te estaba desanimando, pero no hice nada para evitarlo. En aquel momento, me pareció lo mejor.

—Señora Dryden, se está culpando de

muchas más cosas de las que debería.

—Eso no es todo, Mary Jo —se aferró al bolso con sus manos enguantadas e inclinó la cabeza—. El otro día Evan vino a hablar con Walter y conmigo sobre vuestra relación. Creo que nunca le había visto tan enfadado. Ninguna otra mujer ha tenido tanto poder sobre mi hijo. Ya ves, Evan y yo siempre hemos estado muy unidos y, aunque me duela admitirlo, tengo que reconocer que estaba celosa. Le dije que si tú estabas dispuesta a romper vuestro compromiso después de la primera discusión, entonces no eras la mujer adecuada para él. Supongo que fui más persuasiva de lo que entonces yo misma fui consciente. Tiempo después, Evan me dijo que no podía luchar contra nosotras dos y que había decidido respetar tus deseos.

—Eso fue lo que me dijo a mí también —murmuró Mary Jo.

—Han pasado varias semanas desde entonces, pero nada ha cambiado. Mi hijo continúa queriéndote mucho. Cuando tuviste el accidente, se negó a salir del hospital. Yo misma vine una mañana y me lo encontré sentado en la capilla —se interrumpió. Le temblaba el labio inferior—. Entonces comprendí que no eras un entretenimiento pasajero para él. Te quiere como nunca ha querido a ninguna otra mujer y probablemente, como no querrá nunca a nadie.

Mary Jo se inclinó hacia delante.

—Yo nunca me sentiré cómoda siendo el centro de atención —dijo rápidamente—, pero estoy dispuesta a hacer cualquier cosa para ser el tipo de mujer que Evan necesita.

La señora Dryden abrió el bolso, sacó un pañuelo blanco y se secó los ojos.

—Me temo que ya va siendo hora de que te haga otra confesión. Siempre he pensado que Evan tendría éxito en el mundo de la política. Nunca ha sido un secreto para nadie lo que yo ambicionaba para mi hijo, pero ése era precisamente el problema: eran mis ambiciones, no las suyas. Si Evan quiere dedicarse a la política, tendrá que ser porque él lo decida, no porque lo decida yo.

»Y a la luz de lo que ha ocurrido entre vosotros —continuó—, estoy decidida a permanecer completamente al margen de su carrera política. Lo que ahora suceda será decisión suya. Y tuya, por supuesto —añadió precipitadamente—. Pero lo que te prometo es que no me entrometeré. Por fin he aprendido la lección.

Incapaz de hablar, Mary Jo alargó la mano hacia la de la otra mujer y se la sostuvo con fuerza.

—Me gustaría que pudiéramos ser amigas, Mary Jo —añadió Lois suavemente—. Haré todo lo que condenadamente pueda para dejar de ser una vieja entrometida.

—Mi madre aprendió la lección con mi hermano mayor, Jack, y con su esposa. Quizá le guste hablar con ella alguna vez e intercambiar historias —sugirió Mary Jo.

—Sí, me encantaría —se levantó y le dio un beso a Mary Jo en la mejilla—. Entonces, ¿irás a ver a Evan cuando te pongas bien?

Mary Jo sonrió.

—En cuanto esté un poco más presentable.

—Créeme, a Evan ahora mismo le pareces maravillosa —la madre de Evan le acarició la mano suavemente—. Hazle feliz, Mary Jo.

—Haré todo lo que pueda.

—Y, por favor, avísame cuando tu madre tenga un rato para hablar conmigo. Tenemos millones de cosas que discutir sobre la boda.

Mary Jo aventuró entonces, un poco vacilante:

—La ceremonia será íntima y sencilla...

—Como tú decidas.

—Aunque quizá después podamos celebrar una fiesta más numerosa e invitar a todos aquellos que usted no quiere que se sientan excluidos por no haber asistido a nuestra boda.

—Una idea excelente —Lois esbozó una sonrisa radiante.

—Gracias por venir a verme.

En la comisura de uno de los ojos de Lois comenzaba a formarse una lágrima.

—No, gracias a ti, querida.

A partir del día de la visita de Lois Dryden, la recuperación de Mary Jo fue casi un pequeño milagro. Le dieron el alta dos días después y pasó una semana recuperándose en casa de sus padres antes de sentirse con fuerzas suficientes como para enfrentarse de nuevo con Evan.

Según le había dicho Jessica, Evan salía con frecuencia a navegar. Con la ayuda de su amiga, le había resultado muy fácil saber para cuándo tenía programada la siguiente salida.

El sábado por la mañana amaneció un día con el sol radiante y el viento fresco, un día perfecto para navegar. Mary Jo se acercó hasta el muelle y, utilizando la llave de Damian, se subió al velero y allí se quedó, esperando a Evan.

No llevaba mucho tiempo en el barco cuando llegó Evan. Y debió de verla inmediatamente, aunque no hizo ningún gesto que así lo indicara.

Mary Jo todavía se sentía incómoda por su pelo, aunque ya le había crecido cerca de un centímetro. Intentaba disimularlo con una especie de turbante, pero eso la hacía parecer una pitonisa dispuesta a leer las palmas de las manos o los posos del café, así que procuraba llevar los pañuelos más sencillos que encontraba.

—¿Mary Jo?

—Te resulta difícil reconocerme sin el pelo, ¿verdad? —bromeó Mary Jo.

—¿Qué estás haciendo aquí? —Evan no estaba empleando un tono amable, y tampoco parecía alegrarse especialmente de verla.

—Quería hablar contigo y este lugar me parece el más indicado para ello. ¿Vas a salir a navegar esta mañana?

Evan ignoró su pregunta.

—¿Cómo estás?

El velero se meció suavemente mientras Evan saltaba a cubierta y se sentaba a su lado.

—Mucho mejor, todavía estoy un poco débil, pero voy recuperando fuerzas día a día.

—¿Cuándo saliste del hospital?

Evan sabía la respuesta tan bien como ella, Mary Jo estaba segura. ¿Por qué entonces mantener una conversación tan intrascendente en un momento como aquél?

—Ya lo sabes. Estoy segura de que tu madre o Jessica te lo habrán dicho —se interrumpió—. Sé que estuviste en el hospital, Evan.

Evan tensó los labios, pero no dijo nada.

—Había momentos en los que podía oír lo que ocurría a mi alrededor. Y estuve más o menos despierta alguna de las veces que estuviste allí. En una ocasión, te oí paseando por la habitación. Y otra vez cuando estabas hablando con Jessica —buscó la mano de Evan y entrelazó los dedos con los suyos—. Una de las primeras veces, me desperté en medio de la noche y te vi durmiendo a mi lado.

—No he pasado tanto miedo en toda mi vida —dijo Evan con voz ronca, como si tuviera que hacer un esfuerzo para arrancarle aquellas palabras a su garganta.

Abrazó a Mary Jo, pero delicadamente, con mucho cuidado. Mary Jo apoyó la cabeza en su hombro y Evan tensó mínimamente el abrazo; enterró el rostro en la delicada curva de su hombro y Mary Jo pudo sentir el calor de su fuerza. Al cabo de un momento, la soltó.

—Tengo entendido que a mis padres les han devuelto todo lo que invirtieron, además de los intereses.

—Sí —admitió Evan—. Han sido unos de

los pocos afortunados que consiguen que les devuelvan su dinero.

—¿Su dinero? —Mary Jo se llevó la mano de Evan a los labios y la besó—. Evan, sé lo que hiciste.

Evan frunció el ceño y la miró con aquella expresión de no saber a lo que se estaba refiriendo en la que se estaba convirtiendo en todo un experto.

—Podrías haberlo hecho sin que me enterara, pero ya ves, llegaron a casa de mis padres ciertos documentos.

—¿Qué documentos?

—El día que tuve el accidente, mis padres recibieron una carta del banco de quiebras, como seguro ya sabes. ¿Cómo puedes explicar esa carta si a esas alturas ya les habían devuelto todo el dinero invertido?

Evan se encogió de hombros.

—No tengo la menor idea.

—Evan, por favor, deja de jugar conmigo.

Evan pareció sentir la repentina necesidad de comenzar a moverse. Se levantó, se estiró y se dirigió hacia la parte más alejada del velero. Miró intencionadamente el reloj.

—Me gustaría tener tiempo para hablar contigo pero, desgraciadamente, he quedado con una amiga.

—Evan, tenemos que hablar.

—Lo siento, pero deberías haberme avisado antes. Quizá podamos quedar en otro momento —miró hacia el muelle como si estuviera buscando a alguien, sonrió y saludó con la mano.

Una mujer alta, rubia, bronceada y con una silueta increíble le devolvió el saludo. Tenía el cuerpo de una modelo y cuando Evan saltó del barco para ir a su encuentro, casi ronroneó. Le rodeó el cuello con los brazos y lo besó al tiempo que doblaba una de sus esculturales piernas a la altura de la rodilla.

Mary Jo estaba estupefacta. Según la madre de Evan, éste era un hombre perdido, solitario y estaba tan enamorado de ella que todo su mundo se había derrumbado. Pero era más que evidente que había algo que la señora Dryden no sabía.

En su precipitación por abandonar el velero, Mary Jo estuvo a punto de caerse. Prácticamente sin pelo y con aquellas ropas que le colgaban por todas partes por culpa del peso que había perdido, se sentía como la pobre cerillera descalza sobre la nieve. Especialmente frente a aquel parangón de perfección femenina.

Sufrió terriblemente durante una presentación que apenas oyó, presentó sus excusas y se marchó rápidamente. Cuando estaba de nuevo en el coche, se derrumbó contra el volante y se cubrió el rostro con las manos.

Estremecida y enfadada, regresó a casa de sus padres y llamó a Jessica para contarle lo que había ocurrido. Afortunadamente, sus padres no estaban en casa.

Estuvo paseando por el salón, intentando liberar sus nervios hasta que llegó Jessica una hora después, nerviosa y contrariada.

—Siento haber tardado tanto, pero he venido en taxi y resulta que hoy era el primer día de trabajo del taxista. Nos hemos perdido dos veces. Bueno, cuéntame, ¿qué ha pasado? Dios mío, no sé qué voy a hacer con vosotros.

Mary Jo le contó con todo lujo de detalles lo que había ocurrido, haciendo una descripción perfecta de la otra mujer.

Jessica elevó los ojos al cielo.

—¿Y te lo has tragado?

—¿Que si me he tragado qué? —gritó Mary Jo—. Esa chica estaba prácticamente encima de él, no necesitaba que nadie me explicara lo que estaba ocurriendo. Me he sentido humillada. ¡Dios mío! —dijo, conteniendo un sollozo—. Mírame. Hasta una rana tiene más pelo que yo.

Jessica soltó una carcajada.

—Mary Jo, sé sensata. Ese hombre te quiere.

—Sí, cualquiera lo diría —musitó Mary Jo.

—Esa chica se llama Bárbara, por cierto, aunque eso no tiene ninguna importancia. Confía en mí, no significa nada para él.

Sonó el timbre de la puerta y las dos mujeres se miraron.

—¿Esperas a alguien?

—No.

Jessica bajó la voz.

—¿Crees que podría ser Evan?

Mientras se dirigía hacia la puerta, Mary Jo sacudió la cabeza sombría.

—Lo dudo.

—Pero por si acaso, será mejor que me esconda.

Jessica salió del salón y se metió en la cocina.

Para su más absoluta sorpresa, Mary Jo descubrió a Lois Dryden en la puerta.

—¿Qué ha pasado? —quiso saber la madre de Evan.

Mary Jo abrió la puerta del todo y la invitó a pasar.

—¿Que qué ha pasado?

—Sí, con Evan.

—Jessica —Mary Jo llamó a Jessica por encima el hombro—. Puedes salir, es alguien de la familia Dryden, pero no es Evan.

—¿Entonces Jessica está aquí? —preguntó Lois.

—Sí —dijo Jessica—, ¿pero qué estás haciendo tú aquí?

—Venía a ver a Mary Jo. Acabo de recibir una llamada de Damian. Lo único que me ha dicho ha sido que sospechaba que las cosas no habían ido bien entre Evan y Mary Jo esta mañana. Me ha comentado que Mary Jo había llamado a Jessica y que ella había salido corriendo de casa. Así que quiero saber lo que ha pasado.

—Es una larga historia —contestó Mary Jo con reluctancia.

—He intentado llamarte a tu casa —le explicó Lois—, pero luego me he dado cuenta de que seguramente estabas con tu familia. De todas formas, pensaba salir y he pensado que ésta podría ser una ocasión estupenda para reunirme con tu madre.

—Mi madre no está ahora en casa —Mary Jo dejó escapar un trémulo suspiro y señaló el sofá—. Siéntese, por favor.

En la casa de sus padres no disponían del dinero y del lujo que tan patentes eran en Whispering Willows, pero todo el que se acercaba por allí se sentía inmediatamente cómodo y bien recibido. Sobre la repisa de la chimenea descansaban orgullosamente las fotografías de la graduación de todos los hermanos. Había fotos de los nietos distribuidas por toda la habitación. Otra de las paredes del cuarto de estar estaba ocupada por una estantería, pero en ella había más trofeos que libros.

—Tengo entendido que pensabas ver a Evan esta mañana —comentó la madre de Evan, mirándola con ansiedad—. ¿Debo asumir que vuestro encuentro ha sido un desastre?

—Evan tenía una cita —dijo Mary Jo, dirigiéndole a Jessica una dura mirada.

—Eh —musitó Jessica—, lo único que me pediste fue que averiguara la próxima vez que iba a salir a navegar. ¿Cómo se suponía que iba a saber que pensaba salir con otra mujer?

—¿Quién es esa mujer? —preguntó Lois, frunciendo el ceño.

—Bárbara —contestó Mary Jo.

Lois hizo un gesto de desdén con la mano.

—Ah, sí, ya sé quién es. Es una modelo que viene de Nueva York de vez en cuando. No tienes que preocuparte por ella.

—Una modelo —Mary Jo tenía los ánimos por los suelos.

—No es en absoluto importante para Evan.

—Es posible —señaló Mary Jo—, pero parecía totalmente encantado de verla.

Desolada, se dejó caer en el sofá y apoyó los pies en el borde de la mesita del café.

Lois irguió la espalda.

—Creo que será mejor que tenga una conversación con ese chico.

—¡Lois! —gritó Jessica en el mismo instante en el que Mary Jo estaba empezando a gritar su protesta—. Me prometiste que no ibas a volver a entrometerte nunca más, ¿te acuerdas? —le recordó Jessica a su suegra—. Eso sólo nos causaría más problemas. Si Evan quiere hacer el ridículo, que lo haga.

—No estoy de acuerdo —dijo Lois—. Tienes razón, por supuesto, en lo de mi conversación con él. Seguramente eso sólo serviría para empeorar aún más las cosas. Pero no podemos permitir que Mary Jo le deje pensar que esto va a quedar así.

—¿Y qué sugieres que hagamos? —preguntó Jessica.

Lois se mordió el labio inferior, pensando una respuesta.

—No lo sé, pero ya se me ocurrirá algo.

—Tiempo —dijo Mary Jo, formando una T con las manos. Era una técnica que aplicaba a menudo en el parvulario—. Aprecio vuestras ganas de ayudar, pero preferiría hacer las cosas a mi manera, ¿de acuerdo? No quiero que nadie se ofenda, pero... —se interrumpió y las miró con expresión suplicante.

Jessica sonrió y tomó su mano.

—Por supuesto —dijo.

Mary Jo miró a Lois y ésta también asintió.

—Tienes toda la razón del mundo, querida. No meteré las narices en esto —se acercó a Mary Jo y le dio una abrazo.

—Gracias —susurró Mary Jo.

Mary Jo no supo nada de Evan durante toda la semana siguiente. Intentaba decirse a sí misma que no estaba decepcionada pero, por supuesto, lo estaba. Cuando había quedado claro que Evan pretendía dejar las cosas entre ellos tal y como estaban, le escribió una carta y se la mandó al despacho. Al fin y al cabo, aquello era un asunto de negocios.

Sin grandes elucubraciones, se ofrecía para trabajar para él durante los próximos cuatro veranos, en compensación por el dinero que les había dado a sus padres.

Sabiendo exactamente que iba a recibir la carta aquella mañana, esperó ansiosa al lado del teléfono. La llamada no tardó en llegar. La telefoneó la nueva secretaria de Evan y le dio cita para la mañana del día siguiente. Cuando colgó el auricular, Mary Jo estaba feliz.

El día de la cita se puso su mejor traje,

se calzó unos zapatos de tacón y llegó a las once en punto. La secretaria la acompañó inmediatamente al despacho.

Evan estaba sentado tras su mesa, tomando notas en una libreta, y no alzó la cabeza hasta que la secretaria abandonó la habitación.

—¿Entonces cuál es el problema? —preguntó Mary Jo abiertamente.

—¿Es que tiene que haber algún problema?

Mary Jo se encogió delicadamente de hombros.

—No puedo imaginar por qué otra razón puedes haberme citado en tu despacho, si no es por mi carta.

Evan se reclinó en la silla e hizo girar un bolígrafo de oro entre las palmas de sus manos.

—No sé de dónde has sacado esa idea disparatada de que he sido yo el que les ha dado veinticinco mil dólares a tus padres.

—Evan, no soy ninguna estúpida. Sé exactamente lo que has hecho. Y ahora también sé por qué.

—Lo dudo.

—Creo que has sido muy amable, pero no puedo permitir que lo hagas.

—Mary Jo...

—Creo que mi sugerencia podría convenirnos a los dos. A la señora Sterling le encantará tener los veranos libres para viajar. Si no recuerdo mal, su marido no hace mucho que se ha jubilado y, a no ser que ella se sienta libre para poder hacer de vez en cuando lo que le apetezca, vas a perderla.

Evan no dijo nada, de modo que Mary Jo continuó.

—Hice un buen trabajo mientras estuve aquí, ¿verdad? Bueno, aparte de perder de vez en cuando algún expediente, aunque eso no fue culpa mía. Naturalmente, espero que no continúes intentando ponerme celosa. Casi te ha funcionado, ¿sabes?

—Me temo que no sé de qué estás hablando.

—Oh, Evan —dijo Mary Jo, suspirando de manera exagerada—. Supongo que crees que soy una completa estúpida.

Evan arqueó las cejas.

—Pues la verdad es que sí.

Mary Jo ignoró aquella respuesta.

—¿De verdad creíste que me iba a tragar que te sentías atraído por Miss Verano? Te conozco mejor de lo que piensas, Evan Dryden.

A Evan le temblaron ligeramente los labios, como si estuviera conteniendo una sonrisa, pero consiguió reprimirla inmediatamente.

—¿Estás de acuerdo con la solución que propongo? —le preguntó Mary Jo, esperanzada.

—No —contestó él.

La rapidez de su respuesta la pilló completamente desprevenida. Alzó rápidamente la cabeza.

—¿No?

—Tú no me debes un solo penique.

Por lo menos ya no intentaba hacerle creer que no había sido él quien había repuesto el dinero de Adison Investments.

—Pero no puedo dejar que hagas eso.

—¿Por qué no?

Evan adoptó una expresión con la que parecía querer advertirle que empezaba a aburrirse. Desplomado en la silla, sostenía el bolígrafo por uno de sus extremos y lo hacía girar entre el pulgar y el índice.

—No está bien. Tú no les debes nada a mis padres, y si ellos lo supieran, te devolverían el dinero inmediatamente.

—Pero tú no vas a decirles nada —aunque no alzó la voz, su tono era mucho más firme en aquel momento.

—No, no les diré nada —admitió, sabiendo que eso destrozaría a sus padres— , pero sólo si me dejas devolverte a mí ese dinero.

Evan negó con la cabeza.

—De ninguna manera.

Mary Jo ya sabía que Evan podía llegar a ser muy obstinado, pero aquello era ridículo.

—Evan, por favor, quiero hacerlo.

—Ese dinero es un regalo que les he hecho. Se lo he enviado de manera anónima, de modo que nadie ha contraído ninguna obligación a cambio. Y tu plan de sustituir a la señora Sterling no ha funcionado este verano, de manera que, ¿qué te hace pensar que podría funcionar en el futuro? En cuanto a lo que a mí concierne, lo del dinero es una tontería. De modo que te sugiero que demos este tema por zanjado —dejó el bolígrafo sobre la mesa, como si quisiera dar a entender que aquel era el fin de la conversación.

Una tontería. Mary Jo se tensó y alargó la mano hacia su bolso.

—Al parecer, ya no tenemos nada más que decirnos.

—Al parecer, no —respondió él, sin expresar sentimiento alguno.

Mary Jo se levantó y salió del despacho con la cabeza alta. Y no comenzó a temblar hasta que estuvo a salvo en el interior del ascensor.

—¿No vas a contarme lo que te preocupa? —le preguntó Marianna a Mary Jo.

Estaban sentadas en la cocina, pelando guisantes frescos que Marianna había conseguido en el mercado. Ambas mujeres desgarraban la vaina con movimientos rápidos y metódicos y dejaban caer los guisantes en un cuenco de cerámica azul.

—Estoy bien —respondió Mary Jo.

En cualquier caso, sabía que era prácticamente imposible engañar a su madre. Después de haber criado a sus hijos y de tratar con sus nietos, Marianna parecía tener una capacidad asombrosa para saber cuándo le iba bien o mal a cualquier miembro de la familia.

—Físicamente sí estás bien —reconoció su madre—, pero estás preocupada. Lo noto en tus ojos.

Mary Jo se encogió de hombros.

—Si me dejas hacer una sugerencia, yo diría que tiene que ver con Evan. No le has visto el pelo desde hace dos semanas.

Evan. Bastaba la mención de su nombre para desencadenar una oleada de tristeza.

—¡Sencillamente no lo comprendo! —se lamentó—. Oyendo hablar a su madre, cualquiera diría que estaba completamente loco por mí.

—¿Y no lo estaba?

—A duras penas. Ha salido con una mujer diferente cada noche de esta semana.

—Sí, esta mañana hablan de él en la sección de sociedad del periódico. ¿Tú conoces a Bárbara Jackson?

—Sí.

Mary Jo apretó los labios con fuerza. Si Evan estaba inventando aquellas aventuras con intención de ponerla celosa, había tenido éxito.

—Supongo que estás enfadada.

—Enfadada no es la palabra.

Peló una vaina con tanta fuerza que los guisantes rebotaron sobre la mesa como canicas y fueron cayendo después hasta el suelo. La sonrisa de su madre no ayudó mucho al magullado orgullo de Mary Jo.

—Lo que no comprendo —musitó—, es por qué me está haciendo esto.

—¿Todavía no lo has averiguado? —preguntó Marianna, alzando ligeramente la voz en señal de sorpresa.

Los guisantes se deslizaban suavemente desde la vaina hasta el cuenco.

—No, no tengo la menor idea. ¿Acaso lo has averiguado tú?

—Hace años —dijo su madre con naturalidad.

Mary Jo alzó bruscamente la cabeza y miró fijamente a su madre.

—¿Qué quieres decir?

—Sé que eres una chica inteligente, Mary Jo, pero en todo lo que respecta a Evan, la verdad es que me cuesta creerlo.

Aquellas palabras de su madre consiguieron impactarla.

—¿Qué quieres decir? ¡Yo estoy enamorada de Evan!

—Pues no lo parece —respondió su madre, sin darle demasiada importancia.

Mary Jo apartó a un lado el montón de guisantes envainados y se quedó mirando fijamente a su madre.

—Mamá, ¿cómo puedes decir eso?

—Es muy sencillo. Evan no está seguro de que lo quieras. ¿Cómo va a estarlo? Él...

Mary Jo estaba indignada.

—¿Qué no está seguro de que lo quiero? No puedo creer que esté oyendo esto de mi propia madre.

—Es cierto —continuó Marianna, moviendo los dedos rítmicamente, trabajando sin pausa—. Míralo desde el punto de vista de Evan. Desde luego, yo no puedo decir que lo culpe.

Como miembro más joven de la familia, eran muchas las cosas que había oído y la habían impactado, pero nunca de los labios de su madre. Y menos pronunciadas con aquella sorprendente calma, como si estuvieran hablando del precio de la fruta.

Su primera reacción había sido defensiva, pero estaba empezando a darse cuenta de que a lo mejor Marianna sabía algo que ella desconocía.

—No comprendo cómo es posible que Evan crea que no lo quiero.

—No es tan difícil de comprender... —contestó su madre tranquilamente—. Le diste la espalda en cuanto encontraste la menor resistencia por parte de su familia. Nunca le has dado oportunidad de contestar a tus dudas. Tengo la sensación de que Evan habría sido capaz de ir al infierno por ti, pero me pregunto si puedo decir lo mismo de mi hija.

—Lo haces sonar tan... tan sencillo. Pero nuestra situación es mucho más difícil de lo que puedes llegar a comprender.

—Posiblemente.

—La familia de Evan impone mucho.

—No lo he dudado ni por un instante —fue la sincera respuesta de Marianna—. Pero déjame saber una cosa, y quiero que te pienses bien la respuesta: ¿amas a Evan lo suficiente como para soportar cualquier oposición, sea de la forma que sea?

—Sí —contestó Mary Jo con calor.

Los ojos de Marianna resplandecían tanto como su enorme sonrisa.

—¿Entonces qué piensas hacer al respecto?

—¿Hacer?

Mary Jo ya lo había intentado dos veces y en las dos ocasiones había terminado con el orgullo herido. Y de una cosa estaba segura: Evan no tenía intención de ponerle las cosas fáciles.

—A mí me parece que, si de verdad amaras a ese hombre, no aceptarías un no por respuesta. A menos que... —su madre se interrumpió.

—¿A menos qué?

—A menos que Evan no sea tan importante para ti como dices.

Capítulo once

MARY Jo se subió las mangas de la sudadera y caminó nerviosa por el cuarto de estar de su casa. Los comentarios de su madre sobre la forma en la que había tratado a Evan todavía le dolían. Pero lo que más le molestaba era que su madre tenía razón.

No le extrañaba que Evan la ignorara. No podía confiar en que no le diera la espalda en cuanto surgiera la menor señal de problemas. Después de todo lo que había dicho sobre que se sentía más sabia, más madura, se veía obligada a admitir que estaba tan tristemente carente de aquellas cualidades como tres años atrás. Y estaba furiosa.

Consigo misma.

Lo que necesitaba en aquel momento era demostrarle su amor a Evan, de manera que éste no volviera a dudar de ella nunca más. El problema era que no tenía la menor idea de cuándo se le iba a presentar la ocasión de hacerlo. Podrían pasar meses hasta entonces. Quizá incluso otros tres largos años. Y Mary Jo no estaba dispuesta a esperar. Evan tendría que creer en su palabra.

¿Pero por qué iba a creer en ella después de todo lo que había pasado? Si se negaba a creerla, Mary Jo no podría culparlo por ello. Suspiró, preguntándose qué podría hacer a continuación.

Podía llamar a Jessica, que era más que generosa siempre con sus consejos. Pero Mary Jo comprendió que Jessica no podía decirle nada que no supiera. Necesitaba hablar cara a cara con Evan, sinceramente, sin ningún tipo de restricciones.

Decidiendo que no había ningún motivo para postergar algo que debía ser hecho, eligió con mucho cuidado su atuendo, un traje pantalón de color salmón con los botones dorados, un pañuelo de color turquesa y unos pendientes largos de oro.

Cuando llegó al despacho, descubrió complacida que estaba allí la señora Sterling.

—Oh, esta tarde tienes un aspecto adorable —dijo la secretaria con una alegre sonrisa.

Parecía relajada y feliz. Era evidente que el viaje le había sentado bien.

—Usted también, señora Sterling, ¿cuándo ha vuelto?

—Hace sólo una semana. Me enteré de lo de tu accidente. Y me alegro mucho de que ya se haya solucionado todo.

—Yo también. ¿Está Evan en el despacho?

—No, lo siento, pero supongo que aparecerá en cualquier momento. ¿Por qué no lo esperas en su despacho? Te llevaré un café. No creo que tarde más de unos minutos.

—Gracias, lo haré.

Mary Jo entró en el despacho y se sentó en el sofá. En su determinación por acabar con aquello cuanto antes, había sido tan ingenua que no había considerado la posibilidad de que Evan no estuviera en el despacho. Y temía ir perdiendo el valor a medida que iba prolongándose la espera.

Estaba tomando el café que la señora Sterling le había llevado y regañándose a sí misma mientras intentaba reunir valor, cuando oyó que llegaba Evan. Le temblaron las manos y dejó la taza en la mesa.

Cuando Evan entró a grandes zancadas en su despacho, enumerándole toda una lista de tareas a la señora Sterling, Mary Jo tenía los hombros tan tensos como si se estuviera preparando para un ataque.

La secretaria terminó de tomar sus notas.

—Tiene visita —anunció, dirigiéndole a Mary Jo una mirada aprobadora.

Evan miró por encima del hombro, pero su rostro no reveló ningún sentimiento cuando descubrió quién era.

—Hola, Mary Jo.

—Evan.

Mary Jo presionó las palmas de las manos sobre las rodillas, convencida de que debía de parecer una escolar enfrentándose con el director del colegio después de haber cometido alguna fechoría.

—Si puedes, me gustaría hablar contigo —le pidió.

Evan frunció el ceño y miró el reloj.

—Ahora no tiene ninguna cita —anunció la señora Sterling con énfasis antes de salir del despacho y cerrar la puerta.

—Bueno, parece que puedo dedicarte unos minutos —comentó Evan sin entusiasmo. Se colocó tras su mesa y se sentó.

Mary Jo abandonó el sofá para sentarse en la silla que tenía Evan frente a él.

—En primer lugar, me gustaría disculparme —dijo.

—No —contestó Evan con dureza—, no hay nada por lo que tengas que disculparte.

—Claro que lo hay —replicó ella—. Oh, Evan, he estado a punto de echarlo todo a perder.

Evan arqueó las cejas y la miró con expresión escéptica.

—Explícate, Mary Jo.

Mary Jo se inclinó hacia delante.

—Todo empezó el verano que nos conocimos, cuando...

—Eso ocurrió hace años y, si no te importa, preferiría dejarlo allí —alargó la mano hacia su bolígrafo de oro, como si necesitara sostener algo entre los dedos—. Revivirlo todo no nos va a hacer ningún bien.

—No estoy de acuerdo —en aquella ocasión, Mary Jo no estaba dispuesta a dejarse desanimar fácilmente—. Necesitamos aclarar el pasado. De otra manera, cuando nos casemos...

—Me parece que estás dando demasiadas cosas por sentadas —contestó Evan con dureza.

—Quizá, pero la verdad es que lo dudo.

—Mary Jo, no sé a dónde quieres ir a parar.

—Yo sí —contestó ella precipitadamente—. Por favor, escucha lo que tengo que decir. Si después continúas pensando lo mismo, bueno, entonces intentaré decirlo de otra manera hasta que al final admitas que te quiero.

Evan volvió a arquear las cejas.

—Tengo una cita esta tarde.

—Entonces hablaré rápido, pero deberías saber que no me engañas.

—¿Crees que estoy mintiendo?

—Por supuesto que no. Es muy posible que tengas una cita con alguna mujer, pero es a mí a quien quieres.

Las oscuras facciones de Evan se oscurecieron, pero Mary Jo decidió darle más valor al hecho de que no la hubiera contradicho.

Mary Jo miró el reloj.

—¿De cuánto tiempo dispongo hasta que tengas que irte? —le preguntó.

Evan se encogió de hombros.

—Del suficiente.

No iba a hacer nada para ayudarla, pero no le importaba. Mary Jo sabía lo que quería y no iba a permitir que algo tan insignificante como su mala disposición se interpusiera en su camino.

Tardó algunos segundos en ordenar sus pensamientos y en recordar lo que tan cuidadosamente había planeado decir. Aunque quizá fuera lo mejor. No quería que pareciera que había estado ensayando delante del espejo, aunque eso fuera exactamente lo que había estado haciendo.

—¿Qué ibas a decirme? —presionó Evan.

Mary Jo se mordió el labio inferior.

—Yo... iba a hablarte de la casa.

—¿De qué casa? —preguntó Evan con impaciencia.

—De esa casa con siete dormitorios. De esa casa de la que hablamos con tanto detalle que casi puedo verla. De la casa en la que quiero vivir contigo y con nuestros hijos.

Mary Jo advirtió que Evan evitaba mirarla a los ojos.

—Últimamente he estado pensando mucho en ello —continuó Mary Jo—. Todo empezó un día en el que estaba compadeciéndome, estaba segura de que te había perdido... y me resultaba casi insoportable.

—Con el tiempo, uno termina acostumbrándose —musitó Evan secamente.

—Yo nunca me acostumbraré —respondió ella con firmeza—. Nunca jamás.

Evan se inclinó hacia delante en la silla, como si quisiera verla mejor.

—¿Y a qué se ha debido este repentino cambio de opinión?

—No ha sido repentino. Bueno, quizá sí. Ya ves, en realidad, ha sido mi madre. Ella...

—¿Estás segura de que no ha sido la mía? Porque parece que últimamente es ella la que maneja todo lo que ocurre entre tú y yo.

—Ya no —ésa era otra de las cosas que Mary Jo quería corregir—. Según Jessica, tu madre está desesperada, preguntándose qué es lo que pasa entre nosotros. Y tenemos que reconocerle el mérito de no haberme llamado ni presionado ni una sola vez. Prometió que no lo haría y tu madre es una mujer de palabra.

—¿Qué te prometió exactamente?

—No interferir en nuestras vidas. Vino a

verme cuando todavía estaba en el hospital y tuvimos una conversación maravillosa. Algunos de los problemas que hay entre nosotros son culpa mía. Tu madre me intimidaba y yo temía enfrentarme a ella. Pero después de nuestra conversación, la comprendo un poco mejor, y ella me comprende a mí.

Esperó para ver si Evan hacía algún comentario, pero se llevó una gran desilusión. Al menos por las apariencias externas, Evan apenas soportaba aquella conversación. Parecía estar esperando a que terminara cuanto antes para poder continuar con su vida.

—Yo no soy la nuera que Lois habría elegido. Hay muchas otras mujeres que se ajustarían muchísimo mejor que yo a tu vida y a tu futura carrera política.

—He quedado con una de ellas esta noche.

Aquella información fue para ella como una bofetada en pleno rostro, pero Mary Jo consiguió no revelar sentimiento alguno.

—Pero por encima de cualquier otra cosa, tu madre quiere que seas feliz y cree, al igual que yo, que si estamos juntos podrás serlo.

—Habría sido un detalle por su parte el que me hubiera consultado a mí. Parece que mi madre y tú, y no nos olvidemos, por su puesto, de la querida Jessica, habéis unido vuestras fuerzas y estáis confabulando las tres contra mí.

—En absoluto. He hablado con Jessica varias veces, pero no recientemente. Ha sido mi madre la que me ha ayudado a comprender que estaba equivocada.

—Y ahora está metida en todo esto —elevó los ojos al cielo, como si quisiera insinuar que había demasiadas madres interfiriendo en su relación.

—Lo único que ha hecho mi madre ha sido decirme unas cuantas verdades. De hecho, creo que deberíamos estarle agradecidos. Me ha dicho que tú tenías muy buenas razones para dudar de la fuerza de mis sentimientos hacia a ti. Al principio, me he quedo completamente helada al oírla, sobre todo, porque ella sabe lo triste e infeliz que he sido últimamente.

A los labios de Evan asomó la insinuación de una sonrisa.

—Mi madre me dijo que si realmente te quisiera tanto como decía, habría continuado a tu lado a pesar de cualquier oposición. Y que si las cosas hubieran sido a la inversa, tú habrías permanecido a mi lado. Yo no lo he hecho, Evan, y no sabes lo mucho que me arrepiento de ello —bajó la mirada hacia sus manos—. Si pudiera dar marcha atrás en el tiempo, retrocedería tres años. Te amo, Evan, creo en ti y creo en nuestro amor. Y jamás volveré a hacerte dudar de él. Además...

—¿Quieres decir que hay algo más? —Evan parecía aburrido, como si aquello estuviera durando mucho más de lo que había anticipado.

—Sólo un poco más —dijo, y en su voz comenzaba a flaquear la determinación—. Sé que vas a ser un concejal maravilloso y haré todo lo que sea necesario para que eso suceda. Para mí no será fácil vivir a la luz pública, pero con el tiempo, aprenderé a no ponerme tan nerviosa. Tu madre ya se ha ofrecido a ayudarme. Puedo hacerlo, Evan, sé que puedo. Y con tres o cuatro años de rodaje, incluso será capaz de ponerme delante de las cámaras. Espera y verás.

Evan continuó callado. En el silencio que siguió a sus palabras, Mary Jo podía sentir cada latido de su corazón.

—Todo eso está muy bien —dijo Evan por fin—, pero no entiendo de qué manera cambia la situación.

—¿No lo entiendes? —Mary Jo se levantó—. ¿Me quieres o no me quieres?

Evan la miró con abierta despreocupación.

—Francamente, la verdad es que ahora no sé lo que siento por ti.

Con un lento movimiento, Mary Jo se dejó caer de nuevo en la silla. Lo había perdido. Podía verlo en sus ojos, en su forma de mirarla, como si ya no significara nada para él. Como si fuera alguien a quien había querido mucho tiempo atrás y nada más.

—Ya entiendo —musitó Mary Jo.

—Y ahora, si me perdonas, tengo asuntos de los que ocuparme.

—Ah... —la impresión provocada por su rechazo la había dejado completamente entumecida y tardó algunos segundos en volver a levantarse. Se estrechaba el bolso contra el estómago como si quisiera protegerse—. Yo... siento haberte molestado.

Reunió el poco orgullo que le quedaba para salir con dignidad de la habitación.

—No ha sido ninguna molestia —contestó Evan en un tono inexpresivo.

Y fue en ese preciso instante cuando Mary Jo lo supo. No podía explicar exactamente cómo, pero lo sabía. El alivio la cubrió como una ducha cálida después de un día triste y frío. La amaba. Evan siempre la amaría.

Confiada, se volvió de nuevo hacia él.

Evan estaba escribiendo concentrado y no alzó la mirada de su cuaderno.

—Evan —Mary Jo susurró su nombre.

Evan la ignoró.

—Tú también me amas.

La mano le tembló ligeramente, pero fue el único sentimiento que reveló.

—Eso no va a funcionar —dijo Mary Jo, caminando hacia él.

—¿Perdón? —Evan suspiró pesadamente.

—Esta pequeña farsa. No sé qué estás intentando demostrar, pero no va a funcionar. No funcionará nunca. No habrías estado sentado a mi lado en el hospital si no fuera por algo. No les habrías dado el dinero a mis padres si no fuera por algo.

—Yo no he dicho que no te quiera. Pero como tú misma dijiste, el amor no siempre basta.

—En aquel momento estaba equivocada —musitó Mary Jo—. Ahora escucha. Mi madre y la tuya están emocionadas ante la idea de comenzar a preparar nuestra boda. ¿Qué quieres que les diga? ¿Que todo ha terminado y que ya no me quieres? Sinceramente, no esperarás que nadie se lo crea, ¿verdad? Porque yo no me lo creo.

—Cree lo que quieras.

Mary Jo cerró los ojos un instante.

—Se me está acabando la paciencia, Evan, pero todavía tienes un largo camino que recorrer si crees que voy a cambiar de opinión —se acercó a él.

Había más de una manera de demostrar que tenía razón. Más de una manera de echar por tierra los argumentos tras los que se escondía. Y no iba a dejar escapar aquella oportunidad.

De modo que caminó hasta el escritorio, plantó las dos manos en él y se inclinó de manera que sólo separaran sus rostros unos centímetros.

—Muy bien, Dryden, tú lo has querido.

Evan entrecerró los ojos mientras Mary Jo iba rodeando el escritorio. Fue siguiendo sus movimientos con la cabeza hasta verse obligado a girar en la silla, sin dejar de mirarla con expresión especulativa.

Y justo en ese momento, Mary Jo se sentó en su regazo, le rodeó el cuello con los brazos y lo besó. Sintió al principio su sorpresa y su resistencia, pero ambas se desvanecieron en el instante en el que se apoderó de sus labios.

Había pasado tanto tiempo desde la última vez que se habían besado... Tanto tiempo desde que no había vuelto a experimentar el calor y el consuelo de su abrazo...

Evan le devolvió el beso gimiendo. Su boca se mostraba vacilante al principio, pero no tardó en hacerse dura e intensa. Su abrazo era cada vez más fuerte y en el interior de Mary Jo comenzaba a crecer una excitación que casi la asustaba. Al aferrarse a él, sentía su corazón latiendo tan rápido como el suyo y su respiración era cada vez más agitada.

Mary Jo enmarcó su rostro con las manos y cubrió de besos su boca, su barbilla y su frente.

—Te amo, Evan Dryden.

—¿No es sólo gratitud?

Mary Jo se detuvo y alzó la cabeza.

—¿Gratitud por qué?

—Por el dinero que le he dado a tu familia.

—No —contestó, acariciándole la comisura de los labios con la punta de la lengua—. Pero eso es algo de lo que tenemos que hablar.

—No, de eso no hablaremos —le inclinó la cabeza de tal manera que prácticamente la tenía tumbada en su regazo—. Tengo una propuesta que hacerte.

—¿Decente o indecente? —preguntó Mary Jo fingiendo una mirada lasciva.

—Eso tendrás que decidirlo tú.

Mary Jo volvió a rodearle el cuello con los brazos, se irguió en su regazo y apoyó la cabeza en su hombro.

—¿Te casarás conmigo? —le preguntó Evan.

—Oh, sí —suspiró feliz—, y pronto. Evan, el nuestro tiene que ser el compromiso más corto del que haya constancia.

—Con una sola condición: no volverás a

mencionar nunca ese dinero.

—Pero...

—Esas son mis condiciones —enfatizó sus palabras dándole un beso tan ardiente que achicharró sus sentidos.

Cuando terminó, Mary Jo tenía dificultades para respirar con normalidad.

—¿Tus condiciones? —repitió en un ronco suspiro.

—¿Estás de acuerdo o no?

Antes de que pudiera contestar, Evan derribó sus defensas y cualquier posibilidad de contestar con otro beso. Cuando hubo terminado, Mary Jo habría estado de acuerdo con cualquier cosa. Asintió como una autómata.

Evan la estrechó contra su pecho y exhaló profundamente.

—Y nosotros nos encargaremos de nuestros planes de boda, ¿entendido?

Mary Jo se quedó mirándolo fijamente.

—Ésta será nuestra boda, no la de mi madre, ni la de tu madre.

Mary Jo sonrió suavemente y bajó la cabeza hasta su hombro.

—Comprendido.

Permanecieron en silencio durante varios segundos, saboreando su cercanía.

—Mi madre tenía razón, ¿verdad? —preguntó Mary Jo suavemente—. Me refiero a cuando hablaba de la necesidad de demostrarte que mi amor consistía en algo más que palabras.

—Si te hubieras marchado por esa puerta, me habría pasado el resto de mi vida preguntándomelo —confesó Evan, y añadió—: Pero no creo que hubieras podido ir muy lejos. Habría salido corriendo detrás de ti, pero me alegro de no haber tenido que hacerlo.

—He sido tan tonta —respondió Mary Jo, acariciándole el cuello con la lengua.

—Te daré cincuenta o sesenta años para enmendarlo, con algún tiempo extra por buena conducta.

La felicidad brotó en el rostro de Mary Jo, convertida en una sonrisa resplandeciente. Alzó la cabeza y esperó hasta que sus ojos se encontraron antes de bajar de nuevo la boca hasta sus labios. Aquél fue un beso lento, largo y minucioso,

Cuando terminaron, Evan tomó aire, intentando recuperar la respiración.

—¿Y eso por qué ha sido?

—Para sellar nuestro compromiso. A partir de ahora, Evan Dryden, nos perteneceremos el uno al otro. Y nada volverá a separarnos otra vez.

—Nada —contestó Evan inmediatamente.

En aquel momento se abrió la puerta y

asomó la cabeza la señora Sterling.

—Sólo quería asegurarme de que todo se había solucionado —sonrió abiertamente—. Veo que sí. Y os aseguro que no podría alegrarme más.

—Yo tampoco —respondió Mary Jo.

Evan volvió a buscar su boca y Mary Jo oyó cerrarse suavemente la puerta de la oficina.

Epílogo

Tres años después

—¡ANDREW, no despiertes a Bethanne! —le regañó Jessica a Andy, que ya tenía cuatro años.

Mary Jo soltó una carcajada mientras veía al pequeño inclinarse para besar en la frente a su hija recién nacida.

—¿Cómo te encuentras? —preguntó Jessica, mientras le llevaba un vaso de té frío a Mary Jo, que estaba sentada a la sombra de una sombrilla en el jardín.

—Maravillosamente.

—Evan está encantado con Bethanne, ¿verdad?

—Oh, sí. Me recuerda a Damian cuando tuviste a Lori Jo. Cualquiera diría que somos las dos únicas mujeres del planeta que han dado a luz.

Jessica se echó a reír y sacudió la cabeza.

—Y los abuelos...

—No sé tú —bromeó Mary Jo—, pero creo que yo podría llegar a acostumbrarme a tantas atenciones.

Jessica la miró con incredulidad.

—De acuerdo, de acuerdo. Admito que me puse un poco nerviosa cuando el alcalde vino a verme al hospital. Y fue un gesto muy amable que me enviaran flores todos esos grupos de presión que piensan que Evan es un hombre fácilmente influenciable. Es evidente que no conocen a mi marido.

Jessica suspiró y se relajó en la tumbona.

—Lo has hecho sorprendentemente bien. Evan le ha dicho a Damian más de cien veces que fuiste tú la que ganó realmente su puesto de concejal.

Mary Jo se echó a reír, quitándole toda importancia.

—No seas tonta.

—Fuiste tú la que agarraste el micrófono en aquel mitin y dijiste que si alguien pensaba que Evan no estaba allí gracias a su trabajo, debería hablar contigo o con alguien de tu familia.

Mary Jo recordaba perfectamente aquel día. Se había puesto furiosa al oír a uno de los oponentes de Evan declarar que éste no podía comprender los problemas de un trabajador. Evan había contestado a aquella acusación, pero había sido la ferviente respuesta de Mary Jo la que había conquistado los corazones del público. Las cámaras de televisión habían recogido el mitin y su impresionante réplica había sido emitida en tres cadenas diferentes. Desde entonces, la popularidad de Evan había remontado.

Bethanne se movió y Mary Jo fue a buscar a su hija y la levantó en brazos.

Un sonido en la distancia le indicó que Evan y su hermano regresaban del partido de golf.

—No habéis tardado mucho —comentó Jessica cuando Evan y Damian entraron en el jardín.

Damian sirvió dos vasos de té con hielo.

Evan se sentó al lado de su esposa.

—¿Cuánto tiempo ha pasado desde la última vez que te dije que te quería? —le preguntó en voz baja.

Mary Jo miró el reloj con una sonrisa.

—Unas cuatro horas.

—Demasiado tiempo —contestó Evan y le dio un beso en el cuello—. Te quiero.

—Mira ese par —le dijo Damian a su esposa—. Cualquiera diría que están todavía de luna de miel.

—¿Y qué tiene de malo? —Jessica tomó la mano de Damian y se la estrechó.

Damian le dirigió una mirada rebosante de amor.

—Nada, cariño. Nada en absoluto.